比兴而赋

词牌创作
三百零五例

林在勇 ◎ 著

华东师范大学出版社
上海

图书在版编目（CIP）数据

比兴而赋：词牌创作三百零五例/林在勇著. —上海：
华东师范大学出版社，2022
ISBN 978 - 7 - 5760 - 2799 - 0

Ⅰ.①比… Ⅱ.①林… Ⅲ.①词（文学）—作品集—中
国—当代 Ⅳ.①I227.8

中国版本图书馆 CIP 数据核字（2022）第 060104 号

比兴而赋
词牌创作三百零五例

著 者	林在勇	
责任编辑	曾 睿	
责任校对	时东明	
装帧设计	人马艺术设计·储平	

出版发行　华东师范大学出版社
社　　址　上海市中山北路 3663 号　邮编 200062
网　　址　www.ecnupress.com.cn
客服电话　021 - 62865537
网　　店　http://hdsdcbs.tmall.com

印 刷 者　中华商务联合印刷有限公司
开　　本　700×1000　16 开
印　　张　13
字　　数　105 千字
版　　次　2022 年 6 月第一版
印　　次　2022 年 6 月第一次
书　　号　ISBN 978 - 7 - 5760 - 2799 - 0
定　　价　68.00 元

出 版 人　王 焰

目 次

东团队

集众长而自成家
深于古而能开新
林在勇词牌创作集《比兴而赋》序

　　读了林在勇先生《比兴而赋——词牌创作三百零五例》，着实令我惊喜，当代人写词，能有这样功力，确乎难得。

　　在勇这本集子，不按内容分类，不按创作时间排序，却以词牌汉字笔画顺序编排，用意应当不只是为个人作品结集，而是为学词读者着想。他从数十年特别是近年的作品中选出三百余首词，一种词牌一首词，醉心于每个词牌的作用、风格、宫调、句式、平仄、声韵、对仗、惯例，包括哪些词牌须用入声韵，丝毫不含糊。虽依其出版体例，并未作注，不标韵部，但学词懂词者，必可明白他的良苦用心。

　　在这本词集里，在勇把唐宋以来常用的以及有代表性的词牌，基本呈现出来了。一册在手，可通览三百余种词牌，这是以往从来没有人做过的。古人编《宋词三百首》、近人编《宋词选》、龙榆生著《唐宋词格律》，各自所涉及的也仅是数十至一二百种词牌。考历代名家，如苏轼、辛弃疾、李清照、周邦彦、柳永、姜夔、晏殊、晏几道、李煜、冯延巳、欧阳修等等，各自写过的词牌也不过数十至百多种，而这里三百余种词牌，皆出于一人之手，且一种词牌一首词，没有重复，此乃本集之特色和价值所在。

后世文人填词与音乐渐行渐远，与词牌原出典意象取向渐相分离，这三百余首词则不然，大多努力与词牌原本可能的音乐特点、艺术特色贴近。当然，词牌脱离音乐，自唐宋至今，自身也在再度创造、多重创作中经历合理改变，不能尽得其然，也只是追怀其原、模拟其真。但这种用心精勤是值得肯定的。

词这种艺术形式通常对写作内容也有些局限，起初往往比较专注人情，叙事性弱一点，抒情性强一点，也能折射一点时代，有些微个体生存的样子。五代宋初，词为诗之余，局限在风花雪月小情小调，范仲淹虽有一变而例作稀少，也只有待到苏东坡这样雄才出世，纵横恣肆，无一物无一语不可入词，才打开了词的一番新境界。在勇深佩苏子，写来也无禁忌，格调也不自限。通观全书，讲史阐道、颂时讽事、梦僧演易、评曲论书，无一不可入词。国际风云、时政策论、防疫情、农民工，都可一一道来。至于词本身所擅长的风花雪月、怀人寄情，更是信手而至。题材之广泛、境界之开阔、体味之细腻，自成一格，能发前人未发之情，尽他人未尽之言，一些妙语佳句，若能有心，读来自会欢喜。

好的词作，终究要尊尚一些古风古意，但也要按照词之发展演变规律，运用语言词汇字义的现代发展，不能蹈袭古人套话成语。在这一点上，这本集子是颇为清新的。细细品味，可见字字合乎平仄格律，或者依照《钦定词谱》正格，或者遵从名家经典变体，总之皆有出处。也努力用心体会燕乐的音乐性，用韵严遵《词林正韵》，且更自苛，合古而太拗于今的韵字也会弃用。例如，"侣""去"和"暑""处"，在平水韵同属一韵，在《词林正韵》中更可同押，但他照顾到今人普通话一般的发音，则避免把它们用作同韵。何为守正创新？此即一例。

在勇的词作有景有情有思想，乐而不淫，哀而不伤，中正之气与文学性质结合得不错。总体并不晦涩，有些非常明快。几乎没有应景之作、虚文酬答。每一词作，没有泛泛之言或冒仿古人，更不铺堆文字、无病呻吟。时到会心处，常有神来笔。这是我很钦佩的。我喜欢读明快清新之诗词。

更让我佩服的是，进入本世纪以来，在勇肩负的党务行政工作越来越多、担子越来越重，直至担任大学校长、党委"一把手"。任务之繁重、工作之繁忙，可以想见。但他似乎诗心更重、诗情更浓，大有"诗性之风"——这个词，我今天刚刚从陈晋《党内领导层的诗性之风》一文中读到。

我乐于看人写诗填词，我期盼更多的人写诗填词。中华诗词学会正在千方百计调动千军万马、激发千家万户投身诗词事业。因为中华民族伟大复兴，内在地包含了对中华民族优秀文化的继承和运用、创造性转化和创新性发展。如果写诗填词的人越来越多，中华诗词瑰宝就能在我们这个伟大复兴的时代绽放出更璀璨的光芒。

周文彰

（中华诗词学会会长

中央党校（国家行政学院）教授、博士生导师）

2021 年 10 月 26 日

体兼诸家
道存风雅
《比兴而赋——词牌创作三百零五例》序

在勇先生少有才名，问道名庠，久掌学府，公务之余，唯以文字为乐，工词善诗，笔耕不辍，积年所得，萃成此编。观其作，辞秀调雅，志长笔深；江山风物，民生哀乐，友朋之谊，室家之乐，乃至案头清玩，观剧听乐，无不可以入词，鲜灵活泼中自存一段清旷胸次，师古不泥古，为当代治词者中尤为难得者。

方今之世，诗词作者夥矣。然词之道，似易实难。所谓易，是因为当今中国传统文化热的背景下，各种诗词创作的讲习、课程铺天盖地；诗词网站也多有为人提供创作便利的辅助工具，创作的"门槛"有所降低。所谓难，则是在当代语境和当代生活中，要用古典主义的文学形式创作具有当下审美认知与文化观照的作品是一种"带着镣铐的舞蹈";作者须明词之体，守词之格，达词之用，融会贯通，始成一家之言。

何为词体？王静安先生云："词之为体，要眇宜修，能言诗之所不能言，而不能尽言诗之所能言。诗之境阔，词之言长。"（《人间词话》）"要眇宜修"出于《楚辞·九歌·湘君》"美要眇兮宜修"，用以表达湘君所具有带着修饰性的精巧的美，这种美精致、细腻、纤细、幽微，以此定义词体，意在说明词的意境深细。这一特点是由词的音乐特性以及长短句式所决定的，词的体性规定了它在传情达意上采取的是一种纡徐吞吐的方式，能够配合人的心思情感一刹那间的悸动，表现出熨帖之感。以此观在勇先生词，与静安之语遥相呼应。如《惜红衣·兴化郑板桥故居》一首有句曰"聊赊壁月，长借窗风"，捉住光影与清风掠过窗棂的瞬间，以出人意表的动词"赊"和"借"写出了仿佛电光石火的一刹那，心灵世界所体悟到的光阴逝水之感；也暗合板桥先生一生勘破炎凉，落落难合却又襟怀洒脱的形象：风月犹可借，忧道不忧贫。又如《摊破浣溪沙·咏桂》："好句古人都写了，会心来处遍寻无。还把早春花气索，竟何如？"起伏跌宕，词人闻桂香而情动，感慨古人已经将描写秋日的清词丽句都写完了，于是，只能借着这宛如早春的馥郁花香来生发对秋日之美的感叹。词写秋日景象，却不落悲秋窠臼，咏桂花清芬却不粘滞于物，将对春天的向往一并打入词中，让一支小令获得了深远而清朗的境界。

何为词格？李易安《词论》云："词别是一家"，标明词形式上严守音律，内容上专主情致，风格上崇尚高雅，明辨诗词之别，维护词的艺术体性，使之表里相宜。在勇先生守律严谨，选调精心，而且因其具有很高的音乐修养，在创作中对词的节奏感、韵律感有独到的体会。如《天门谣·天地孤游子》之下阕："看落叶黄笺谁写字，又岂人间无故事。何所似，数不尽、方生方死。"词人以虚字调节句子节奏，使之摇曳生姿，吟诵时，生出有余不尽之感，很好地体现了词体固有的音乐特质。在写传统的题材的作品时，在勇先生善于翻新出奇，例如写《两同心·校园花季》，描摹小儿女情致："漫应答、人前说话，暗听见、心上吟呻。喜如忧，两种伤情，一样销魂。"前两句是本色当行的口吻，写出了恋人心声，也让读者有感同身受的亲切；结句却一笔宕开，充满禅机，人生悲喜之境暗中相合，都让人情动于中，魂梦动摇。看似冷句，却入情理，亦提振了词的格调，使之从莺莺燕燕的小情趣转化为普遍生命经验的表达，轻俏灵动，化俗为雅。

何为词用？清人周济以"寄托"说词："初学词求有寄托，有寄托，则表里相宜，斐然成章。既成格调，求无寄托，无寄托，则指事类情，仁者见仁，知者见知。"（《介存斋论词杂著》）"夫词，非寄托不入，专寄托不出。"（《宋四家词选》目录序论）"有寄托"是指词人将自己内心的幽思感怀通过对"一物一事"的刻画摹状表现出来，其精妙处在于"寄托"与"本事"结合紧密。而"无寄托"则是意物融合的高级阶段，词人将触物而生的意念积淀下来，在某一个兴会神到的时刻将"寄托"与情景志融为一体。在周济看来，从有寄托走向无寄托，方能真正做到："诗有史，词亦有史。"（《介存斋论词杂著》）词之真正价值正在于洗脱所谓"绮罗香泽"、"轻靡软媚"的本色，摆脱"离别怀思"、"感士不遇"的小我幽约怨悱之情，更多地在创作中融汇时代精神，将真实的社会图景以及面对这种图景的心理感受体现出来，发"由衷之言"，成论世之资。在勇先生无论谈古如《恨春迟·过杜甫草堂》"天宝初时天花坠，漫说得、见预何谁"，或者论今如《破阵子·疫必靖民必安国必兴》"须有豪情开万世，都是人民积寸功。长歌唱大风"，都融入了自己的史见史识、家国情怀。同时，在勇先生也善于以诗为词，以文为词，在他笔下，学书、读史、演易的心得都可以娓娓道来，出访、游历、治公的感悟也不妨以词录之。词是他记录个体生命经验的"口述史"，也是透过个体经验，可以观察时代的当代图景。他做到了当代人以当代心，拥抱当下生活，词为真词，人为真人。

体兼诸家，道存风雅，在勇先生词集的出版于当今词坛而言，多了一种风格和气象，若使后人读今词，多的，更是一份对于我们身处时代的了解和感悟。

傅蓉蓉　草成于远秀庐

2021 年 10 月 20 日

一七令·人，以题为韵，格依白居易

人。接物，存神。初性近，果因分。慈悲缺爱，地天不仁。任生同草芥，向死共风尘。无用好随散淡，有为须做均匀。百般心力应都妄，万古天机只一真。

附：《一七令·诗》

[唐] 白居易

诗。绮美，瑰奇。明月夜，落花时。能助欢笑，亦伤别离。调清金石怨，吟苦鬼神悲。天下只应我爱，世间惟有君知。自从都尉别苏句，便到司空送白辞。

一丛花·访大庾南安牡丹亭

南安新葺牡丹园，亭上柳堪怜。寻梅镜水红云影，望来处，庾岭关前。虚构假真，不如信了，回眼便千年。

谁超生死结深缘，泉下亦能还？离奇莫问汤公子，恁般事，伊岂痴颠？凡众有情，悲心利乐，随梦好团圆。

一枝花·有情初遇，用辛弃疾醉中戏作体

婀娜风攀柳，缱绻人牵袖，心心觑模样，更低首。仗迷胆痴豪，轻把纤纤手。臂拥环前后，晓不得如何，耳鬓微微香嗅。

忆乍遇、双瞳凝颤抖，电射穿灵肉。自知从此去，魂难守。恰今宵朦胧，敢约交杯酒。便直来开口，屏息嚅唇，说似说、相思时候。

一斛珠·东坡名之醉落魄

　　酒酣多恼，新词梦里凭空造，醒来可惜都忘了。水调歌头，还比东坡好。

　　与物神离微合貌，三千世界频飞到，一身听遍诸神教。似我吟前，早有天成稿。

一剪梅·音乐剧《红梅花开》序曲

　　再唱红梅吐血红，新曲回肠，壮气凌空。清贞如竹有斯人，恰百年前，诞此英雄。

　　怀抱初心济世穷，主义牺牲，真理相从。平生倾尽满腔忠，花落山河，永化春风。

一萼红·咏烟

一何冤！昔为君子药，今遇世嫌谰。号淡巴菰，乘南洋舶，瘴疠凭以康安。更同酒、人间慰藉，憾李白、缘欠此神仙。尘上能群，燎中耐独，出处皆然。

庭训妇言俱在，恨吞云吐雾，毒肺伤肝。增寿遥虚，劳心近切，非此争解忧烦？况因伊、文章写得，戒相思、醒梦两为难。忍去谁知再逢，还似初欢。

一落索·霜降

夜露成霜秋早，郁凝难了。葬花收叶更何人，年复年年老。

喜雨耽晴都好，知农何恼。万家忧乐欠关怀，难怪诗人少。

二郎神·养儿难

昔闲话，蓄龙凤、何其潇洒。必子肖芝兰能绍武，庆光裕、门楣如画。家有书香逾万卷，苗种子、实收秀稼。又岂料、甘肥惯惰，终日痴心嬉耍。

愁也，同嗟共悔，弄差璋瓦。众口断、生男顽且鲁，不可与、闺娃相亚。课业全凭严母骂，若非忍、天天欠打。愿迟早神归，志立当强，韶华无价。

十六字令·风

风！饶过缠绵水月朦。良宵短，无使太匆匆。

卜算子·戊寅春华盛顿赏樱

华府看樱花，四月缤纷逞。诧异扶桑独擅名，过海新妍景。

我欲植家园，水土唐风盛。卜算繁华种树人，不用千年等。

人月圆·烟色漾明月

乱云堆里安然过，烟色漾澄明。今宵新满，天风影手，推觉迷醒。

人生何短，一生长也，交遇平行。有时圆也，时时阙矣，才解风情。

八六子·忆逝犬

小球球，取名如貌，终身历十春秋。忆蝶扑花枝跳踯，烛摇怀膝偎依，戆狷宠咻。

无端长惹哀恫，一夕悄然离世，三年倏尔回眸。最无我、时时眷恩亲主，托乎毛族，胜于人类，看他舍己跟随到底，存心依恋从头。愿来生，人形再还共修。

八归·游嵩山过登封古观星台

神京正位，中原王气，嵩岳奕奕余烈。成周一变殷墟尚，河洛始开新纪，远近来悦。敬德保民宗旨定，把祀鬼祟神停歇。试比较、人类纷纷，几个懂斯诀。

犹有高台矗立，观乎天象，指掌排星推月。做将尘事，付于天理，妙在人神分别。到禅宗祖地，顿悟传灯道同揭。千年运、独偏中夏，又到山川，春风来汉阙。

八声甘州·乙未夏月天山腹地策马

纵青骢快意踏青原，云坡不须鞭。算昨穿烟峡，明经石岭，两过冰川。古道人来丝去，遥建汉家幡。更有兴亡事，难辨其间。

远史那堪多顾，仅百年前页，天下乌安？看四疆沿海，支绌苦筹边。念斯人、左公植柳，遍春风、万里解征鞍。西来路、最生豪气，独望天山。

九张机·声声弹，述生老病死喜怒哀乐九首

　　一声弹，死生老病一关关。乐哀喜怒随时转，七情六欲，消磨好汉，诃佛或逃禅。

　　二声弹，生谁作主到人间。来时何念将凡羡，全都忘了，不知方便，在在自为难。

　　三声弹，春秋老过再无还。三春不把春秋算，秋来才作，莫名愁怨，却是枉多烦。

　　四声弹，人生迟早病熬煎。逆来急重和轻缓，能医可药，无医向善，怕最怕痴癫。

　　五声弹，未曾放下死茫然。寻常得失来回患，活当永久，弗知其限，未去已云烟。

　　六声弹，喜于事上认根源。激生若些多巴胺，极之将竭，欲求无倦，不足尽余欢。

　　七声弹，怒中道理本无端。总将是是非非断，吾之意气，被人使唤，何莫作狂狷。

　　八声弹，哀人伤己共凉寒。感同身受悲心见，情知无奈，憾因谁免，不觉泪潸潸。

　　九声弹，乐非际遇是心安。常人不必菩提愿，般般具足，何须外面，顺性且从天。

三台大曲·林子隆中新对

惯多年狼顾虎踞，七洋浪翻鹰举。号自由、大纛绣人权，唱民主、争锋谁与。危机悄，后渐将深巨，物极反、应然应预。各消长、成败兴衰，大势见、待其来去。

作如何美女摆舞，怎奈佳人迟暮。忆往昔、强国数欧洲，百样好、骄人风度。今唯剩、喋喋总生妒，应借力、东西相补。莫倒向、霸主曹营，纵横策、远交相辅。

恰千年难得变遇，六爻易生奇数。见在田、缓缓用潜龙，尚须些、关山飞渡。韬光影、爪鳞头尾处，善与邻、丝辟新路。论终究、看护田园，种花家、好花多树。

三台令·取意再别康桥三首

金柳，金柳，河畔余晖相守。康桥向晚时辰，对景所思在人。人在，人在，说得那些无碍。

青荇，青荇，水底招摇柔影。临波我愿潜沉，揉碎星虹梦寻。寻梦，寻梦，心有笙箫难弄。

云彩，云彩，衣袖轻挥不带。悄如昔我来兮，寂寂好才别离。离别，离别，唯默与天都契。

三字令·梁祝事

梁祝事，一相逢，两心同。三岁短，四时风。五中焚，生父逼，六亲空。
思七夕，鹊桥通，世难容。哀八字，九泉终。十分悲，情化蝶，爱无穷。

三姝媚·咏昙花

含苞临戌亥，到夤夜天惊，侵晨心快。沁腑香魂，有嫋婷轻舞，玉衣风摆。梦里容颜，还怎说、几分情态。片刻承欢，经岁相思，瞬间光彩。

须叹花神恩债，感滴水韦陀，罚身仙外。灵鹫峰前，却金刚修了，昧蒙真爱。对面难言，听不见、芳音无奈。倒是知情明月，中宵常待。

三部乐·交响乐炎黄、丝路、良渚三曲合评

五音天设，又岂在弄弹，若符其节。六旬年后，梁祝谁堪踪蹑。炎黄迹、丝路前尘，竟谱成雅颂，似有神契。汩汩出之，所自梦魂心血。

沧桑觅到眼底，更渺茫若失，却如何揭。良渚曲惊石破，歌含丝结。共情时、器人贴燮，待通感、律声自协。高下喋喋，误几个、未知真切。

于飞乐·待月新窗

待月新窗，一枝先到香梅，婷婷预告芳菲。岁还凉，风已暖，撩动春帏。人家灯火，共星点、合缀烟炊。

斗室唯清，无他长物，才将眼底生辉。好温馨，真正是，有个人归。门前双喜，绕红字、鸾凤于飞。

大有·林子说卦

我自乾天，彼为离火，主客明、其为吾有。断今占、元亨大有无咎。流年过半金生水，庚子秋、江山依旧。切诺贝利休言，却谁滑铁卢秀。

棋枰大，真对手。六五独阴柔，一阳初九。争霸将衰，且待立冬前后。恶抑善扬天命，终归我、安然虚受。象爻应、气数之来，何能左右？

大酺·咏蟹

问向人间，遨天下，八爪横行谁独。荀卿千载误，蟹螯虽生二，跪焉为六。蛇蟮幽藏，鱼虾浅镥，不足居身而屋。仙界封水族，必将军其位，海王之属。故青甲披坚，金钳执锐，凸睛圆目。

性情无似菊，稻香里、光景爱秋熟。逞意气、心骄胸满，时热身红，更舒张、不知拘束。酒色猖狂际，席上乱、褪衣伸触，展肢韵、肤凝玉。颜虽稍欠，一伴黄花嫌俗，画中却还并录。

上行杯·济南辛稼轩祠

昨梦挥戈催马，方出塞、直捣龙庭。吹角连营身自去，辛翁旧语。仄平词，长短句。逆旅，相遇，应唱惺惺。

小重山·等过春风春未还

等过春风春未还，直将春压后、夏当前。无知知了最鸣喧，长说些、枝叶热恹煎。

何病为医难，心征无可道、莫能言。秋虫前夜起新烦，似这样、多久又冬眠。

山亭柳·蓝夜观云

蓝夜观云，借月两清真。山海远，望星分。便把旧笺翻检，几多年少青春。呴湿斑斑犹记，共沫濡痕。

但祈相忘江湖久，归来对笑白头人。神交意，限躯身。竟或南辕北辙，不还岁月车轮。地莽穹宽皆是，歧路纷纭。

千年调·林子忘庄谐，次韵稼翁厄酒向人时

林子忘庄谐，未酒先颠倒。无可还无不可，看甚都好。亲亲热热，痒痒容吾笑。多经历，更酖游，不觉老。

小林昔日，脾气相公拗。半世明白是否，岂必分晓。命知耳顺，学个天无巧。这些些，那般般，不了了。

附：《千年调·厄酒向人时》

[宋] 辛弃疾

厄酒向人时，和气先倾倒。最要然然可可，万事称好。滑稽坐上，更对鸱夷笑。寒与热，总随人，甘国老。

少年使酒，出口人嫌拗。此个和合道理，近日方晓。学人言语，未会十分巧。看他们，得人怜，秦吉了。

千秋岁 · 音乐剧《春上海 1949》

春声几许，啼血呕红雨。春消息，寒头绪。非惊新故事，无失真凭据。春到也，春风最憾人归去。

便唱冲天句，惟寄怀人语。正晴好，枝谁住？三春时忽暂，七十年匆遽。千秋岁，繁花总在春深处。

女冠子 · 下旬月缺

中旬才昨，今夕东寻不着，夜何欢。久候猜心冷，迟来望眼寒。

惜身应忍去，偿约总知还。不管圆与缺，爱人间。

天门谣·天地孤游子

天地孤游子，竟能认、异乡桑梓。分彼此，却无非行次。

看落叶黄笺谁写字，又岂人间无故事。何所似，数不尽、方生方死。

天仙子·初见

刹那电光银水泻，撞心羞问谁家姐。寻常花径等闲行，何澹冶，我思且，怕道相思如病写。

天香·咏雪

　　天嚼肥浓，日眠寒彻，宇耸穹低相拒。随意而生，应期而至，朗朗疏疏仙羽。花开六絮，缤纷下、任人看取。更有琴香玉色，招惹诗男痴女。

　　当初泽被自许。趁曦曛、云行风御。飘荡难归蔽陇，易羁沙溆。凝憾何尝结聚。尚心热，余温化润雨。谓我曾来，勾春便去。

木兰花令·太湖大箕山，用苏轼体

　　重阳正好登高境，一览澄明心与证。半生观物物观人，主客后天先验应。

　　双凫入水知温冷，上下浮沉波不整。临湖才欲引前山，又是模糊颠倒影。

木兰花慢·怜乞（用柳永体）

过繁华闹市，夜灯火，影熙攘。见酒肆盈门，香车塞道，有丐依墙。思量，总归盛世，又何来乞活出平常。伊自随缘待舍，形神却也安详。

炎凉，未遇谁尝，行且驻，解羞囊。恰路人、窃语观其壮健，何必帮强。无妨，任他骗了，固仁心可诳以其方。随便三钱两锎，或能济到应当。

太常引·闲读纳兰词

疏狂似我竟痴缠，悔读纳兰编。公子命偏寒，为伊感、情伤遇艰。

稼轩长短，东坡庄谑，接应半生安。学得独凭阑，好消化、英雄盛年。

少年游·觅芳踪，依东坡去年相送

早年身世，依稀寻迹，疑信物人非。芳踪何在，春心更似，翘望秀英闱。

恍若珮铃琴书过，街巷又霞晖。不觉枝头移初月，轻轻候，玉人归。

水龙吟·忆杭苏运河夜航船

拱宸桥堍金晖岸，轻解夜航船缙。武林门别，姑苏城到，天堂一晚。欸乃摇光，星来梦底，神游月畔。但愿总无醒，晓风长待，争禁得、天枢转。

嚛旦鸡啼雀乱。渐铺陈、半边云幔。太湖借水，磷蒸丸滚，红腾焕烂。一镀江山，男儿心史，与谁同爨。合琴心剑胆，停舟策驾，有銮铃伴。

水调歌头·谒邵阳贺绿汀故居

遥想牧童笛，声远拓湖湘。楚材钟毓蒸水，生贺氏儿郎。我谒山冲旧屋，百二年都过了，何幸入门墙。交感不虚语，晴骤雨滂滂。

立难朽，功言德，映三光。谁能如此，身后无讳世堪方。心有一生持守，事有千秋称道，乐曲总流芳。悟得他终究，天地大文章。

长生乐·今夜香港回归，依晏殊阆苑神仙平地见

日落西天霞爱晚，碧海待金星。紫荆花向，未央时鲜明。大地长歌初动，遥共潮声。无眠多少，忍泪还将酒觥倾。

风云侘傺，峡岛伶仃。一百年来国耻争，谁信光复树华旌。且须收拾残局，愿香港新生。

长寿乐·遥祝基辛格博士

遐龄秩九，博士翁、预备期颐红酒。历任国务唯卿，识堪谋局，计能营构。我髫年最佩，战国策来真高手。变双强天敌，三分新友。读君书、指点一时领袖。

奇叟，人瑞璧瑕，老了其心可诟。撮合俄美情何，竟将辜负，世间奔走。叹今陈案俎，非复昔年鱼肉。自易强移势，回神改口。祝仙公，与享和平万寿。

长命女·原上草

原上草，风遍文姬归汉诏，侵远离离道。

昨还花容月貌，今已形骸枯槁，明欲胡笳如样抱，几个长安到。

长相思·将欲行，用欧阳修苹满溪体

将欲行，且莫行，行到何方谁处停，君心惜我轻。

去一程，归一程，醒望云山梦看星，天晴人雨情。

长亭怨慢·闺恨，用姜夔渐吹尽枝头香絮体

这回是、真愁煞也。但望郎归，望痴阿姐。托梦眠轻，抚琴音乱，莫凭藉。也知离苦，谁又晓、伤神夜。再弗许分开，一款款、誓词来写。

不怕，定难饶皮肉，饶了还须相骂。支吾不得，且听著、断非虚诈。自今后、早晚身边，更应有、撩人情话。会些个甜言，哄到欢心才罢。

月下笛·牧童意境

雾岭沉遥，秧田涨满，湿寒胸臆。蓑衣不敌，旷野飞云嘘翕。鹭翩翩、形影伴牛，牧童未晓何处昵。有人家隐在，炊烟微辨，去年枯荻。

天边晴一段，返照雨迷蒙，眼前来滴。春分尚待，悄悄生花消息。夜将将、霭收月初，此时最好闻远笛。却无声，万籁都归，默默人独立。

风入松·少眠如寿赚多春

少眠如寿赚多春，窗外微暾。有书一刻千金值，更何况、万里游巡。仍把治平梦久，偶成闲逸词新。

老风秋至运如斤，草木黄纷。铁枝针叶犹苍翠，万般下、归落松根。应物终须心定，安身但以天真。

风流子·谑同学返乡谣

千里相亲归去，百里出挑一女。模样好，性情安，浪子回头胜侣。真遇，真娶，发誓从今规矩。

乌夜啼·枫桥夜泊会意

月落乌啼静，茫茫瑟瑟寒秋。枫红欲辨唯霜冷，辗转未眠愁。

一寺一诗千古，寒山拾得苏州。钟声料不鸣中夜，客自恨孤舟。

凤孤飞·送人赴美国

一槛两边家国，弈界如秦楚。孰造飞航便渡，易远别、多歧路。

曰在西方多乐土，何须更、绕三匝树。应有梧桐招凤焘，况风来吩咐。

凤衔杯·观花忽觉春将老

观花忽觉春将老，蜂蝶舞、只知花好。已过春分、晴雨多纷扰，何处落、谁人晓。

日方长，月还早，人不觉、盛时终少。一晌花前树下、书翻到，此刻匆匆了。

凤凰台上忆吹箫·萍水遭逢

萍水遭逢，半生真况，子云逝若斯夫。恍惚里、晴窗似旧，温梦如初。变者观其未变，知所以、易椟存珠。居迁数，放眼四壁，层架唯书。

开张幅卷万里，曾与我，前缘再历亲疏。又有些、同情逸士，共泪妍姝。谁道知音易得，时空外、清啸闻诸？悠悠也，天予灌顶醍醐。

凤箫吟·西双版纳四面佛（用韩缜体）

为春风，熏熏心动，三千里外相思。傣乡花四季，总忘开谢，莫辨妍媸。芳华浓浅处，各轻轻、悄悄滋滋。故怅惘、来时未预，到底谁知。

何辞，能言深些事，频频作、恍恍痴痴。岁逢春节早，佛前忙荐福，列酒陈粢。东西南北面，转圆圆、颠倒新词。更折下，连枝吉桔，似烛如卮。

六幺令·农民工

流光溢彩，闪烁霓虹壁。新楼又连工地，入夜挑灯及。人影幢幢乱乱，一老旁边息。汗蒸尤滴。卷烟吃过，相告不支力疲极。

本是黔山耕者，田薄城佣役。才道多子多忧，惯逸花销急。幸有丰薪劳业，岂敢身之恤。我闻如泣。人间苦乐，各在局中不交集。

六丑·凤飞鸮嚣

振梧桐落叶，凤乍起、锵锵鸣悦。一飞净天，天风高鸟穴，兀自超越。北斗如期转，日华为昼，焕文明光烈。鸾音响处熙安接，五采斑斓，霞空腾别，无多羽毛遗子。纵周全翼影，难掩蛇蝎。

凡间忽谲，便哓哓喋喋。莽野生酸与，其邑绝。絜钩肇疫鸲鹊，伴罗罗鴩雀，食人还窃。鸱鸮恶、莽原倾裂。来秃鹫、拾取余翎片羽，美哉头贴。残年宴、肆此饕餮。大道中、自有公平数，春秋一页。

六州歌头·西行怀古

远西故道，重到意轩昂。胸次旷，声气壮。域无疆，慨当慷，万里千年望。龟兹阆，焉耆帐，疏勒酿，莎车飨，向西方。襟抱似吾，都在平生想，复汉宗唐。古来多少客，自主出篇章，竹史煌煌，几留芳？

起长安党，天京巷；披绛氅，跨龙骧。才入相，能出将，内因强，外而王。瀚海瀛洲壤，舆图上，共荣昌。功欲赏，人何恙，念之伤。但愿天心，总写凌烟榜，不没荣光。对天山葱岭，默尔拜贤良，佑此乡邦。

忆王孙·早知离别折红颜

早知离别折红颜，镜里相思不忍看。每惜分分是好年，待君还，赎到佳期牵手前。

忆少年·春来灯下

春来灯下，春归帐外，春秋三卷。髫年务经史，或虚抛宵旰。

蚱蜢歌飞蛙鼓乱，看青黄、四时轮换。天行欲何辩，况无头公案。

忆旧游·津门偶感

叹高人荡荡，中道雍雍，下策斤斤。若得安心法，固内生条贯，外去纷纭。沧海一笑呼应，得失出天恩。正夕汐朝潮，此消彼长，莫不均匀。

津门，又重到，算四十年前，尚是青春。车转经行地，忘几番过客，一片浮云。夜深忽来雷雨，灯火旧时温。看皮相无凭，果中倒出真假因。

忆江南·无名絮

无名絮，弥漫惹心烦。总有春风生意外，才将秋气锁眉间。挥去又飞还。

忆余杭·忆壬申初春客杭夜撰书序晨步湖滨

西子湖边，旧日因缘知几度。平生最忆晓风天，夜半字三千。

月星行到晨烟处，宿雁一双飞渡。再无清梦似当年，更写彩云篇。

忆闷令·小儿女

怒把情书撕烂烂，撇他多多远。明天片片拼拼，糊裱如经卷。

嘀嘀咕咕怨，诳言谁稀罕。小儿女、吵吵和和，床尾床头转。

忆秦娥·梦得残句

星云夙，璇玑又驾东君毂。东君毂，行来昨处，兴由谁促。

梦寻残句晨风续，醒窥老镜朝云逐。朝云逐，人生华髪，寿听天祝。

丑奴儿近·赞正剧以丑行为主角（用蔡伸体）

人间丑角，戏里谁将摹画。况正剧堂皇，却作谑笑生涯。世外桃源，武陵曾把神仙话。寒山穷水，乖情笑叹，哀矜无骂。

何以致之，总应深究，不须惊诧。若知得、千年吞吐，笔腾烟霞。民瘼堪嗟，仁心今用自雍华。均天共富，志安厥业，都好人家。

劝金船 · 世界宁波帮发展大会,次韵东坡

生为郡裔今为客,令宰稀相识。乡情近怯樽前却,自怀想心得。海阔波宁,胜景聚来秋月。环宇甬帮高会,若此佳节。

明州古港潮如雪,列屿千帆插。回思万载吟成咽,感新貌分别。士庶兴邦,一邑上闻天阙。愿贡剩年桑梓,衰鬓青髮。

附:《劝金船 · 无情流水多情客》

[宋] 苏　轼

无情流水多情客,劝我如曾识。杯行到手休辞却,这公道难得。曲水池边,小字更书年月。如对茂林修竹,似永和节。

纤纤素手如霜雪,笑把秋花插。尊前莫怪歌声咽,又还是轻别。此去翱翔,遍赏玉堂金阙。欲问再来何岁,应有华髮。

双双燕·青岛仲夏大儿初恋咏赠

过春寂寂，夏风竟翩然，送来双燕。天南地北，何处往来还返。应是初初遇见？但此际、呢喃若伴。人生个些欢愉，付与天公排算。

清啭，新声素愿。作惜惜惺惺，旨微形显。忽飞同止，尽是意中无限。梳啄衔泥缱绻，莫惊扰、应收明眼。禽中自有相知，胜却世间千万。

双头莲·夜宿湖畔，步韵清真词一抹残霞

水静微纹，月停凉影，岚雨候风，金蝉在树，近岛远林，黛墨涌来琼碧。暗增色。人爱湖光，天怜星梦，今夜愿长，良宵恨短，偶有鹭飞，悄悄将谁识。

怨相隔。唯我侬共到，欢情才适。既并荷花，又生莲藕，不误好多朝夕。风头茎挺，浪底根缠，叶裙露滴。总应似，这般令郁气平息。

附：《双头莲·一抹残霞》

［宋］周邦彦

一抹残霞，几行新雁，天染断红，云迷阵影，隐约望中，点破晚空澄碧。助秋色。门掩西风，桥横斜照，青翼未来，浓尘自起，咫尺凤帏，合有人相识。

叹乖隔。知甚时恣与，同携欢适。度曲传觞，并鞯飞辔，绮陌画堂边夕。楼头千里，帐底三更，尽堪泪滴。怎生向，无聊但只听消息。

玉京秋·北京大学举办第五届音乐剧学院奖

花气郁。繁妍不唯菊，竞开秋月。廓宇舒云，朗风弄水，晴光盈睫。依塔湖图画了，自讥嘲，环顾高绝。燕园蝶，总无生有，扇香歆悦。

莫把清浓分别。入芳丛、无非一叶。偶触心头，常因情底，终归神穴。旧唱新讴，爱便爱、才是如春时节。问谁决，明日何声恰切。

玉堂春·上海师范大学立孔子像志念

圣哉夫子，立像于兹长祀。自信其天，未丧斯文。凤鹭来栖，对面中西辩，学校春申第几尊。

毁誉随缘评说，花开蜂自纷。可使由之，不急今翻案，知道从来代有人。

玉楼春·崂山太清秋色

昨夜西风应与顾，金坠红绡依碧树。名山何处不宜秋，一岁四时皆好处。

玉岫仙岚龙乘虎，遥向太清宫上步。但凭元气陟烟霞，总有真情生肺腑。

玉蝴蝶·吾其螭耶

鱼龙应化难施，疑我或为螭。冷月作先知，秋风是老师。

登临山海际，观览迻遐时。还有少年痴，颇能慷慨诗。

石州慢·铁木真，步韵贺铸薄雨催寒

漫草推穹，幽响遏云，千里辽阔。当年杀父冤仇，此处夺妻摧折。长生天在，笼盖深默秋原，人间悲愤谁昭雪。时有过来鹰，觇萧萧颓节。

风发，玛尼堆啸，巴图幡飞，血凝新别。一统归仁，肯纵刀兵无绝？马头琴郁，散向俯首牛羊，声声不解春秋结。问主宰苍茫，但凉凉星月。

附：《石州慢·薄雨催寒》

[宋] 贺　铸

薄雨催寒，斜照弄晴，春意空阔。长亭柳色才黄，远客一枝先折。烟横水际，映带几点归鸦，东风销尽龙沙雪。还记出门来，恰而今时节。

将发。画楼芳酒，红泪清歌，顿成轻别。已是经年，杳杳音尘都绝。欲知方寸，共有几许清愁，芭蕉不展丁香结。枉望断天涯，两厌厌秋月。

东风第一枝·上海师大长三角现代农业研究院成立

秋叶还高，春苞已满，淞滨冬日佳树。催生不待东风，润养更兼晚露。漕溪流过，杏坛侧、讲农知圃。长者言、鱼米江南，兴我浙徽苏沪。

连都市、非阡非亩，合胜域、宜工宜墅。种花事得其人，卜居情钟斯土。海东新画，迈秦汉、黄图三辅。自今后、岁岁耘来，眼底腹中同慕。

东坡引·步韵稼轩玉纤弹旧怨

与公千岁怨，缘悭一谋面。新词每写寻飞雁，送将心事断，送将心事断。

拜公海角，又巡湖畔。想旧迹、东坡满。向言未尽然然见，知君留一半，知君留一半。

附:《东坡引·玉纤弹旧怨》

〔宋〕辛弃疾

玉纤弹旧怨，还敲绣屏面。清歌目送西风雁，雁行吹字断，雁行吹字断。

夜深拜月，琐窗西畔。但桂影、空阶满。翠帷自掩无人见，罗衣宽一半，罗衣宽一半。

占春芳·步韵苏轼红杏了

明烛举，新书到，墨砚暗吹芳。事了身安清夜，袖蓝好自添香。

物我两须忘。胆来时、壶底倾光。唱诗头一谁矜诩，凭酒称王。

附：《占春芳·红杏了》

[宋] 苏　轼

红杏了，夭桃尽，独自占春芳。不比人间兰麝，自然透骨生香。

对酒莫相忘。似佳人、兼合明光。只忧长笛吹花落，除是宁王。

归田乐·高中学农于嘉定县徐行乡

露重寒霜降，冷雾里、绿黄弥望。江南无闲壤，稻才割又把，苗土翻丈，体会农家苦勤状。

房前芦苇荡，几日雨、看将秋水涨。每晨来汲，搅梦鱼儿漾。若人是有个、不知何往，倦影模糊想非想。

归自谣·真讨厌

真讨厌，不是一般三两点，莫非今世前生欠。晴天方始波潋滟，偏雷闪，冤家又惹相思念。

归朝欢·诗隐

欲隐隐诗诗欲善，自度度人人自便。微行市井作青山，瞑观廨宇如禅院。万般皆顺眼，一天佳色残阳晚。古今人，对吟星月，不必曾相见。

却看人家灯数盏，宇宙茫茫谁计算。有缘作客酒随斟，无心招梦书常伴。夜晨枢一转，是非明暗人间换。到头来，少年都老，经过几番变。

生查子·偶感

飞矢问濠鱼，白马牵苍狗。短暂借一生，死却时长久。

贤圣往来人，乐利经由窦。几世我能诗，心动通吾手。

兰陵王·《遵义1935》首演观后

泪如血，谁写湘江一页。牺牲壮，师长树湘，闽赣儿郎尽忠烈。西行去处绝，何抉？宸星辨结。长征路，危局转机，赤水黔山大关节。

临当死生决。叹地利民心，天佑人杰。圣城遵义红旗崛。便长城可到，苍龙能缚，从头迈步领袖曰，险关等闲越。

发掘，欲无阙。正幕启通明，座观光洁。云烟未散情相接。更心瞻神似，耳聆音切。夜宇片瞬，映万岁，竟不灭。

汉宫春·《礼运篇》概述

大道之行，四海为公也，孔子初衷。贤能德才是举，世睦人忠。亲亲推及，幼能抚、老者安终。有所养、独孤鳏寡，废残俱得优容。

不误男婚女嫁，贵分名既定，天性相从。财资各得其所，共享丰隆。人人出力，尽所能、不为私功。无恶念、何须谋虑，由之致大而同。

永遇乐·好景如风

好景如风，欢时如水，习以成惯。三夏眠凉，九冬睡暖，适意常安晏。觉来温梦，休归说故，过得春秋无算。更相知，从来根底，不把好情轻慢。

言犹在耳，恩已经岁，未易白头心愿。醯醢炊烹，镬羊蝎子，儿女欢肴馔。添香红袖，击鼓牙帐，允武允文仙伴。此间乐，便看世界，千空万幻。

扬州慢·诗里亭桥

诗里亭桥，梦中明月，万千意会维扬。忆烟花胜季，共片石山房。似曾见、瓜洲古渡，往来无数，骚客官航。尽茫茫、灯火人家，携手徜徉。

好风十里，雨晴间、都是春光。忆寄宿何园，凭栏绣阁，其遇非常。恍惚画中人物，流星盼、笑语玎琅。纵广陵梅老，思之犹有余香。

西江月·题赠雷德曼长笛曲《西江月随想》

一曲何声奇绝，恍如古谱词牌，韵翻平仄去还来，调寄清舒意态。

尺八古风余味，中西泣诉同怀，持将长笛上箫台，惊月凰飞江外。

西吴曲·南非好望角

到天涯海角才信，对东西世界两洋汛。笑舟车一脚，凡人空说天尽。掠雁轻鸣，还队队高飞行阵。彼愿往佳处谁知，恰正好已将风趁。

海洲消长，应反覆多回，匆观未明势运。巨石峻，补天之际曾留，安于无用，自在何须遁隐。沧桑逃过，再亿万岁听涛，其子立茕茕，遗世独无闷。

西河·美利坚译名厄买瑞卡，次韵周邦彦金陵怀古

新洲地，原民土著无记。白人泛海过洋来，教堂畫起。谁知彼岸浪一翻，做成世界分际。

五百岁、何所倚，无非资本维系。自由民主眩浮光，怎穿壁垒。盛时将过日偏西，缤纷落处流水。

近来抗议众聚市，任瘟行、安得仁里。依旧自雄欺世，更咻咻、气势虚张，笑看兴替平常，春秋里。

附:《西河·金陵怀古》

[宋] 周邦彦

佳丽地，南朝盛事谁记。山围故国绕清江，髻鬟对起。怒涛寂寞打孤城，风樯遥度天际。

断崖树、犹倒倚，莫愁艇子曾系。空余旧迹郁苍苍，雾沉半垒。夜深月过女墙来，伤心

东望淮水。

酒旗戏鼓甚处市，想依稀、王谢邻里。燕子不知何世，入寻常、巷陌人家，相对如说兴亡，斜阳里。

曲玉管·写歌词

梦里灵光，樽前劲气，文章妙道无非两。兴会来时堪比，天水苍茫，自汪洋。果悟精神，应知真义，本尊代作他人想。化万千身，各各通感裁妆，做寻常。

幸甚当年，夜衔昼、孜孜披览，竟于绝学工夫，从容出入门墙，有思量。故闲乖庸浅，要滤吾心吾眼，总须微旨，道些宏观，下笔缣缃。

曲游春·新中国七十年戏曲史分省汇纂研讨会

好事天怜见，便把诗才调，元曲相藉。瓦舍勾栏，竟通情同感，庶民仙谪。共做人神剧。斯道美、正先王律。想象中、艺入高明，希腊却嫌拘式。

世易，从来演绎。叹道自鸿鸾，言则凫乙。七十年间，最能翻欲矩，不逾心则。新步非陈迹。但写得、春秋一笔。莫论绝后空前，看今纂辑。

竹马子·唐崖土司城址

寻黔水清源，唐崖故垒，土司城院。有残墙翠藓，崇坊凿字，声声鸦唤。想此台地三层，人丁六百，勉为屏翰。楚蜀洞蛮多，册封间，因势因宜羁管。

体制观兴废，山家旧业，国家遗产。相安一统图版，心血千年和叛。缩影族裔居迁，土流归改，今日咸丰县。烟云万古，更把青山绾。

伤春怨 · 惊蛰

电送光霆帖，蛰类萌心来揭。蠢蠢介鳞生，暗地还相颉颃。

节时常更迭，物候应知阅。此刻雨兼风，下一刻、星依月。

华清引 · 重游骊山

风云散尽剩莲汤，玉圻荒凉。马嵬应愧兵谏，谁持御寇枪。

近年引水满池塘，贵妃雕像新妆。古来多少事，偏爱说明皇。

后庭花破子·忆儿时画猪

漫画几头猪，颇欢一幅图。年少多奇趣，时寒乏好书。未嫌污，生灵天贵，何为精与粗。

行香子·红拂看郎

豹变惊鸿，鳞化犹龙，识人时、天马云中。侧身非易，行道如公，便观斯相，有斯骨，感斯风。

彬彬文质，亭亭风树，望侯郎、万户轻封。思陈香暖，愿拂尘红，忽惊心生，痴心起，更心钟。

多丽·世风愆（依晁端礼绿头鸭咏月体）

世风愆，悯矜夫复何言。视其人、生而失教，茫然性习之迁。不能庄、胡言酒后，无知敬、鬼话神前。利害当头，羞荣弗界，昧于分畛坏根原。末循本、见乎行事，蝇苟更狼残。标趋逐、自亡执守，只有攀援。

众芸芸、熙来攘往，妙义谁个相关？惜蜉生、得之失也，叹蜩客、空唱流年。倘藉情真，应由念善，未闻斯美总堪怜。德兼力、草风必偃，时势作常观。吾非圣、学而君子，恕道存焉。

庆宫春·咏街景

新雪将临，立冬方过，暖阳犹若初夏。情好江南，风怜树上，叶摇流晕轻洒。雀晨归寂，但呼息，无边静雅。长街一览，尽处何穷，立于当下。

昨才约了红妆，福伞如灯，择枝悬挂。春棠弥望，佳榴已结，欲教谁人惊讶。待晴今夜，映明月、彤辉与化。寒虽时至，却有温柔，也曾入画。

庆清朝慢·贵阳晨兴

觅贵人峰，思宣慰事，夜郎故地乌当。牂牁所在，汉武开辟英皇。月朔穹深向早，更添星宿共清霜。晨曦透，白云愈重，边际红黄。

彤明时、蓝湛处，恰炽盈东郭，丽在西桑。世间道理，烟岚变换真忙。若问林城今日，领先风气好兴邦。金乌跃，鸣鸟应和，有凤锵锵。

齐天乐·林子梦僧

梦中行向丛林去，阶前对僧合十。故地重来，新缘再问，闻钹含烟升陟。幡经静室，叹何用轮回，故依根植。脱有难无，色皮诸相看空实。

野狐禅入我执，使人安习气，终为笼絷。正见离忧，清修致慧，还把尘埃拂拭。乃须程式，更不惹陈因，自明前识。跌坐无思，具香花念释。

关河令·黄崖关长城

关河西望肃秋气，会渔阳雁递。古意来风，江山对幽蓟。

燕山长城战地，共陟处、迩观遐计。老梦当如，雄怀生子弟。

江城子·庚子疫中寄呈武汉友人

两江三镇九衢中，二灵峰，万流东。蛇远龟圆，智寿象菲空。血火曾开新汉纪，今数劫，道仍隆。

旧游常悔过匆匆，武昌风，满心瞳。行遍千城，人好最亲同。庚子年来连日祷，桃艳后，面应红。

江城子慢·布拉格

忧欢布拉格，城若画、尺幅共明涩，似春色。春来眼、每每泪催风蓦，又谁迫。宇宙深心音律动，千年调、悠扬琴与瑟。伏尔塔瓦长流，潜潜为感家国。

当年春冰渐去，有清江鹅鸭、嬉绕轻舴，扇新翮。烟浓浅、红顶鲜墙哥特，尽沉默。查理桥头微震耸，惊飞鸽、轰轰停坦克。怨春不驻残阳任西昃。

江南春·苏州山塘

　　灯舫夜，画桥春。嬉言花烂漫，嗔笑气氤氲。亲波摇曳钩双月，清宇光华明一人。

安公子·访天眼大射电望远镜致敬南仁东团队

　　人间方建树，要从天上招引，一众神仙降聚，为首南公甫，黔山云深处。应是事圆报至，岂料功成身去，幽宇频回顾。

　　具眼大凶奇观，世音尽睹。青山鬓白，夕照又见添新数。浩渺多消息，涯涘何穷，天问春秋几度。

阮郎归·怜孙

溥天之下子孙奴，其非祖母乎。一般年纪忆当初，还曾笑舅姑。

梦中惦，日来呼，添衣盛馔蔬。谁家有后俊如吾，阿囡会读书。

阳关曲·中东又战

一天浑沌睡前灯，闻报西边战火腾。惯常日子眼盲景，多是他人求未能。

如梦令·梦中仵

胶漆鸟儿依树，情洽不分朝暮。向夜款言欢，晨起恼羞嗔怒。何故，何故，听取梦中相仵。

好女儿·女排世界杯夺冠后

年岁朦胧，心眼玲珑，击排球、对面分男女，透羞哉汗面，熏然英气，爱煞花容。

昨报冠军归属，国歌唱、女装红。正欢腾、约否谁开口，却抛球做主，半边天下，一样情中。

好事近·赞中国天眼工程

屈子望苍穹，百问幄维何卜。万古洪荒宇宙，未听谁约束。

南仁东氏善窥天，心从窅冥欲。八面环山盆地，作人间天目。

红窗听·观电视剧《康熙微服私访记》，次晏殊原韵

不似人生多约束，编故事、柳红桃绿。禁宫私出真天子，任江南行宿。

望尽天涯风泪目，还痴想、红尘共赴，三生不足。梦中情节，把前缘接续。

附：《红窗听·淡薄梳妆轻结束》

[宋] 晏　殊

淡薄梳妆轻结束。天付与、脸红眉绿。断环书素传情久，许双飞同宿。

一饷无端分比目。谁知道、风前月底，相看未足。此心终拟，觅鸾弦重续。

红窗迥·风雨声

风雨声，时或有，必聊赖百无，耳闲耐受。枝叶入冬疏瘦，没处承响扣。

倒是明明来日月，绕树梢一匝，棂窗爽透。人物活生生就，把本书在手。

寿楼春·七月十五忆先严

惊庚寅何年，竟春秋十度，生死茫然。别处松冈今夜，渡灯中元。温冷月，同谁边。解倒悬、心盆盂兰。慰吉果秋尝，新登岁祭，闻报或歆安。

因离合，生悲欢。想从来作父，根底凭缘。说梦曾言方外，欲知身前。遗可憾，思堪怜。待散云、唯余婵娟。仰清月怀恩，年年几回三五圆。

抛球乐·最爱初晴满眼新，用冯延巳体

最爱初晴满眼新，看山看水各天真。君来春后秋前事，今作梦中画里人。但愿长如昨，夜雨风清又到晨。

声声慢·拟闺怨，步韵李清照寻寻觅觅

孤零苦觅，托付难寻，身为女子益戚。嫁了千般规矩，弗能稍息。心酸腹痛若个，委屈时、又谁周急。最苦处，叹芳心，遇否尽由天识。

蜜语甜言曾积，犹在耳、旋身习乎攻摘。悴色新痕，对镜悄然老黑。冤家总来窄路，到如今、欲说泪滴。且气死，这日子还怎过得。

附：《声声慢·寻寻觅觅》

［宋］李清照
寻寻觅觅，冷冷清清，凄凄惨惨戚戚。乍暖

还寒时候，最难将息。三杯两盏淡酒，怎敌他、晚来风急？雁过也，正伤心，却是旧时相识。

满地黄花堆积，憔悴损，如今有谁堪摘？守著窗儿，独自怎生得黑？梧桐更兼细雨，到黄昏、点点滴滴。这次第，怎一个愁字了得？

芙蓉月·观歌剧《雁翎队》，步宋赵以夫原韵

曾梦白洋淀，烟浩淼、万里云天吞吐。英雄往事，苇絮荷花相诉。燕赵从来豪杰，水泊有新儿女。来似电，去如风，但见雁翎翩舞。

宫商曲新度。看传奇演绎，重到朝暮。湖山壮丽，规画京畿初露。局面须开经典，且深语，应环顾。今胜地，古雄州，若闻金鼓。

附：《芙蓉月·黄叶舞空碧》

[宋] 赵以夫

黄叶舞空碧，临水处、照眼红葩齐吐。柔情媚态，伫立西风如诉。遥想仙家城阙，十万

绿衣童女。云缥缈，玉娉婷，隐隐彩鸾飞舞。

樽前更风度。记天香国色，曾占春暮。依然好在，还伴清霜凉露。一曲阑干敲遍，悄无语，空相顾。残月澹，酒阑时，满城钟鼓。

苏武慢·谒贵州大学中国文化书院

偶入黉门，漫巡学府，记认昔游曾见。花溪未老，夐圃犹新，回首赫然书院。夫子立像赡焉，从祀黔贤，尹珍传典。叹额题旧识，规程铭刻，紫阳遗撰。

冥有道、降任斯人，钟情龙驿，一念顿开宏远。儒冠济济，山长惺惺，学在四夷之勉。久失其官，志存泗鲁洙邹，文章宪典。况随缘还似，天子经筵初阐。

苏幕遮·李白将进酒

莫停杯，将进酒。逝水如斯，白髪君知否。得意尽欢方邂逅。去去能来，材我天生就。

五花骢，须换酒。万古多愁，贤圣逢时售。唯有饮中垂宇宙。长醉何醒，一曲酣歌后。

杏花天·一枝黄花端正好

一枝黄花端正好，占美名、芳丛最俏。不知何处漂洋到，明艳胜于百草。

漫侵植、群葩衰少，擅独秀、十分霸道。大千世界都可宝，如此怎生得了？

巫山一段云·雨过须无意

雨过须无意，云来或有情。一江春水水波兴，涟漪圈点平。

午后一场欢会，山外两边盟对。微风难约作阴晴，天光总不宁。

杨柳枝·咏秋叶

高爽无穷放眼真，一天清气过晨昏。不烦雨打风摇动，老叶欣秋自返根。

更漏子·梦郎

两情长，相思苦，总把归期频数。归何暮，怕非真，伏肩试咬唇。

轻轻捉，盈盈握，一入缠绵忽觉。才解醒，快迷蒙，追郎到梦中。

两同心 · 校园花季

校园花季，已过深春。乱次第、斑斑颜色，理头绪、缕缕香氛。熏还染，正是卿卿，那个人人。

爱了低到微尘，此果真真。漫应答、人前说话，暗听见、心上吟呻。喜如忧，两种伤情，一样销魂。

连理枝 · 婚俗

好话皆成颂，俗语今偏用。这回有卿，那般遂愿，此情从众。画两枝连理、一双莲，绣翔龙舞凤。

新样鲜花捧，旧礼频倾瓮。妆必为红，房何曰洞，花团月拱。祝白头偕老、百年安，把人生笼统。

皂罗特髻·丽娃柳岸，次韵东坡采菱拾翠

丽娃柳岸，不是个中人，又谁知得。丽娃柳岸，再到身为客。青春在、丽娃柳岸，絮飞扬、织网千千结。丽娃柳岸，固万般投合。

风咏丽娃柳岸，况涟讴成拍。纵禁住、丽娃柳岸，少年泪、不觉如丝滑。丽娃柳岸，任梦来重觅。

附：《皂罗特髻·采菱拾翠》

[宋] 苏 轼

采菱拾翠，算似此佳名，阿谁消得。采菱拾翠，称使君知客。千金买、采菱拾翠，更罗裙、满把真珠结。采菱拾翠，正髻鬟初合。

真个采菱拾翠，但深怜轻拍。一双手、采菱拾翠，绣衾下、抱著俱香滑。采菱拾翠，待到京寻觅。

迎春乐·广州过年

五羊除夕三阳气，有情天、合欢地。看时时、处处开桃李，好整岁、难分季。

登越秀、白云微起，香自到、花间身体。莫问春风何在，正在春心里。

系裙腰·大腹便便

青春年少已腰圆，无端的、只三餐。辛勤似我书中坐，夜不多眠，放约束，带松宽。

腹里乾坤终须大，容浩气、好撑船。百家饱读经纶满，认个便便，也行万里，接千年。

应天长·飞机穿云降

夕阳犹在云层上，云底晚来风雨降。翼身倾，机尾仰，径入瀚蒙寻所向。

托生时，应与仿，下界未知模样。此刻好多迷惘，竟然还一往。

沁园春·宁波林宅

甬府林家，气接天封，座对月湖。赞七楹重进，云霞簪笏；三科连第，兰桂庭除。绳祖青州，避兵南宋，卜地明山世结庐。千年过，看《桃源家乘》，终克如初。

宗支衍庆新瑚，近八代、省斋生澹吾。有花厅别筑，诗通音律；车舻远计，勤忘朝晡。积德施人，遗风荫子，好事当头是读书。述前后，感江山代谢，须自鸿图。

诉衷情·花慕

　　花慕，香炉，风也醋，袅婷婷。能一遇，天顾，慰平生。盼睐或含情，盈盈。怕将双目凝，更怦惊。

武陵春·漕溪鹭影

　　红了樱花香了桂，天道好流循。爱看漕溪白鹭蹲，夕照与朝暾。

　　此老观鱼禅入定，似个武陵人。汉晋无关月一轮，飞过四时春。

青门引·有约相思病

有约相思病，无约更难心定。苔墙隔断两边人，徘徊向晚，夕照两边影。

才知古雁衔书幸，此递何从订。但求一共彤月，近窗各把红丝领。

青门饮·林子学书

横辄应平，竖须能直，如人处世，内方圆外。撇到轻收，捺开沉展，人字写成行楷。点画钩回际，谨规则、形神都在。养气陶冶，书似其人，心术难坏。

临帖广深渊海，看妙笔纷呈，谁家精彩。篆意浑融，隶风老辣，骨柳肉颜真宰。蓬草随天马，体无根、哪来姿态。自然成我，得心最怕，标奇惊怪。

青玉案·环球

环球不过朝还暮，八万里，航程数。漫道东晴西落雨。从天观地，由微知巨，彼此轮番遇。

只身独善能何处，全体同安仰谁度。休戚如今当共路。不为邻壑，勉充契侣，吹散风云去。

拂霓裳·嫦娥一号升空实况转播

仰天河，古今多少梦凌波。今夜待，火升瑶柱转陀螺。飞船将玉兔，奔月会嫦娥。太平歌，唱去来、青宇好穿梭。

躬逢盛况，心憧憬、泪滂沱。频顾问，此中专业是谁科。新书掀抖擞，老父赞嗟哦。喜如何，最精神、当数小阿哥。

画堂春·父子谈天

人生易老老生言，转头已历中年。懒夸心壮志穷坚，学会安然。

偶问大儿何忆，曰能父子谈天。晚风轻向酽茶边，不断香烟。

雨中花·南岳忠烈祠

南岳衡山岁晚，却似清明春暖。约雨同瞻忠烈墓，有泪还同潸。

山里起风云色变，雾气劲、撒花飞霰。冷万树、瞬间冰雪挂，缟素天人奠。

雨中花慢·上海游观

扬子潮奔东海，展角龙头，七宝呈祥。远溯福崧遗泽，滴水前航。虹口怀风，苏河钓月，九曲流觞。看两岸比栉，三滩异韵，会合华洋。

枫桥雨霁，龙华桃艳，四季自奏宫商。应惜赏、练塘徐汇，白鹤南翔。黄歇当年沪浦，春申现代乡邦。法桐荫路，玉兰名市，上善重光。

雨霖铃·庚子春哀江城，次柳永寒蝉凄切原韵

风何恓切，又谁阴咒，不肯消歇。深云早化黑雨，红光斧闪，雷抛冰发。更有弥空毒瘴，令千籁暗噎。厄运下、逃死求生，悚郁难言汉江阔。

人心恻隐无分别，况同经、怎样新年节。吾安及人安否，应拜对、普天轮月。大难真来，焉可、虚将救赎先设。欲等到、伤泪流

干，痛后方能说。

钗头凤·防疫居家戏，步陆游红酥手原韵

烹猪手，猩红酒，梦中方啖香鸡柳。瘟神恶，天恩薄。觉时空枕，哪堪寻索。错！错！错！

馋依旧，容颜瘦，愿平安日街行透。杯盘落，品香阁。看馔今夜，莫醒相托。莫！莫！莫！

附：**钗头凤·红酥手**

〔宋〕陆　游

红酥手，黄縢酒，满城春色宫墙柳。东风恶，欢情薄。一怀愁绪，几年离索。错！错！错！

春如旧，人空瘦，泪痕红浥鲛绡透。桃花落，闲池阁。山盟虽在，锦书难托。莫！莫！莫！

金人捧露盘·盼人归

盼人归，征人至，惹人悲。众人里、眉眼虚窥。都云月老，最怜痴苦乐充媒。凭抛红线，便牵到、两个依偎。

云中梦，梦中祷，祷中泪，泪中谁。下弦夜、更露沾帷。今宵待月，翌晨迎日共新辉。窗前宿鸟，已双觉、唱和双飞。

金明池·无锡二日半

鼋渚微烟，蠡园片水，构画湖山浦溆。都道是、人间最好，论佳绝舍此焉取。想康乾、寄畅流觞，应欲写、西子生平无句。叹一二称泉，春秋知月，两两三三高侣。

总有情生微妙雨，似忍泪禁花，让风来去。南街踱、新幡初识，伯渎过、昔桥曾遇。更昆腔、锡剧苏弹，怅何曲饶人，哪园惊女。到夜色阑珊，桨声欸乃，短与惠山清叙。

金菊对芙蓉·自在开来

自在开来，逍遥归去，不须昆阆崆峒。遇凉前桂气，热后莲蓬。一年最是三秋日，两不嫌、清贵丰隆。实生花瘦，随他风至，勿论西东。

立则外直中通，濯清涟未冶，可淡宜浓。待悠然篱下，采入诗工。好花在在多君子，认得人、周子陶公。野生圃长，无心有意，都是天钟。

采桑子·当春

当春节令行乖舛，阳错阴差。气数何差，老树犹含苞内芽。

但经霜冷和风至，一样春花。别样春花，未改天青无际涯。

念奴娇·歌剧《汤显祖》澳洲巡演

放歌悲曲，管弦和，如诉声声如泣。岂少知音，何必数，几个沾巾心戚。誉满天南，情通海澳，共作临川绎。人间多梦，料公身后无寂。

乌论成败英雄，转头空也罢，都应经历。做得真人，稀罕甚，名位虚浮痕迹。只一回生，何盘来算去，但凭胸臆。知君心事，牡丹亭上稍息。

夜飞鹊·航归

　　航桥往来处，我到人飞。熙攘热闹都谁？双轮似马御风翼，骑车轻快思归。今宵月同昨，簸颠偏瞻仰，莫辨盈亏。浑淆晕翳，纵莹莹、犹是生非。

　　风送信来人念，唯淡泊知音，前面春闱。遥近还行千步，怜吾仄瘠，嫌自宽肥。朗清夜色，不澄明、又欲奚为？愿生心无住，须勤拂拭，便惹尘灰。

夜半乐·林子演易

最难莫过周易，图形画字，其义三歧曰。自变者观之，即时生灭。运行未止，因循弗竭。此为无变恒常，简乎真诀。体上下、玄黄日交月。

说同说异执念，道本浑融，论来缠结。终太极、中华和容区别。一生仪两，分从象四，八推亿万何穷，卦爻排列。尽微妙、乾坤合符契。

有道君子，帙角千悬，革编三绝。德化道、文言系辞揭。损浮余、谦补不足长无阙。天假岁、令我观盈缺，圣人书里阴阳协。

夜合花·过华师二附中老楼忆少年

夜课才回，熄灯铃响，竟无自在辰光。呜呼学校，竟然一似监房。虎王落平阳，睡难成、还梦舒张。舍门幽锁，风高破牖，月黑翻墙。

中山北路荒凉，近苏河，店家营业桥旁。馄饨海碗，今宵告慰饥肠。蓦想起姑娘，过窗下闻到花香。十年成忆，青春往事，已感沧桑。

夜游宫·疫中上元节

倏尔新年旧岁，又逢节，身为物累。泼墨云张上元晦，魁杓隐，牖灯稀，霜凝泪。

便把平生愧，细数来，长天如对。君子之思无出位，所以然，岂其然，人不寐。

法曲献仙音·上世纪现代京剧

虚画风光，实妆人物，便把精神呈毕。莫辨中西，善调弦管，皮黄作成新律。叹体用能兼得，浑然一完璧。

那时立，艺高标、及今谁恤？堪样板、非止振兴京剧。创造贵融通，又何泥、一畛分域。纽约伦敦，舞歌戏、从来演绎。愿曾经花好，后世公评长忆。

河传·黄河入海口（依李珣体）

宽漫，无岸，细流曾潀，原旷茫茫。海天同瀚，分出上下青黄，乱鸥迎远樯。

长河万里东来意，新拓地，殖垦多田利。访齐盐煮，欣见钻井如林，古从今。

河渎神·冀南豫北过南水北调总干渠

桥上望长河，荡堤春水清波。直如大道柳婆娑，畦岸良田绿禾。

今世天工人能计，干渠开拓千里。久旱中原北地，洞庭扬子相济。

河满子·岁岁年年杨柳

岁岁年年杨柳，好诗只说依依。雨雨晴晴时节，孤心唯见霏霏。这个你都懂的，多言半句皆非。

宝鼎现·五星东出

五星东出，以利中国，《天官书》吉。惊《史记》、红旗相应，能做先声如谶笔。便宣告、在天安门上，从此吾人站立。似泰岳、封禅万载，世界翻开新历。

地坼谁致神州壹，更驱除、鬼魅夷狄。歌可泣、牺牲壮志，从古何曾能此绩。旧制度、但羁縻桎梏，一概更新革易。进现代、恢宏洗涤，盛世滋生万亿。

匆七十岁薪尝，兴继事、于今为急。看寰球、消长玄机，一枰好弈。凤凰至、亢龙潜激，宝鼎金光煜。自此往、风生水起，如日中天罔极。

定风波·雨后清明

乍作新雷辄战惊，常怀中愧必怦营。思果因缘非面壁，悚惕，沉涵不在诵金经。

遭际当须常寂寞，濩落，便分人事假真情。回顾所行来处路，迷雾，破云日上始清明。

定西番·庚子岁初花旗国频作非难

世近盛时生患，庚子乱。疫蝗飞，百般非。

鸮样秃鹰盘算，唳声频趁危。同忾复唐兴汉，谢相催。

孤雁儿·冬祭将至怀先祖母（依李清照体）

时回感气情相仿，念祖母、唯遗像。曾伤冬至后双寒，三十余年匆往。未忘有待，今孙将老，难作光前想。

悲欢一到无依仗，任涕泪、安安涨。诸般人物影重来，翻些水流云账。起身漫步，星空辽冷，旧月新疏朗。

玲珑四犯·大理民歌

蝴蝶泉边，正采蜜忙忙，蜂把花恋。小妹梳妆，长发拂肩谁挽。三月大理风光，处处是、为伊无限。这三般茶里相劝，回味苦甘都遍。

小河淌水清流缓，到身边、走来多远。东山雀唱西山鸟，谁个声声唤。月亮出来汪汪，眼泪似、眶眶里转。月又升一寸，哥不想，才难见。

胡捣练·浣纱溪上

浣纱溪上望娇娃，唱个山歌相约。漫摆轻纱轻濯，猜想伊听着。

阿哥阿妹两山阿，没个媒人能托。明日变成飞雀，对面欢如昨。

南乡子·此际何时

此际何时，欲来风雨正相持。惆怅无因关是否，停手，未尽千言先饮酒。

南浦·华东师大建闵行新校区

非有大因缘，不必来，春申溯曲南浦。泾港隐平畴，蜿蜒入、人说畔江晨雾。初阳始见，簇新楼馆生田亩。赫然学府，人声渐，书声可期朝暮。

心情已在天涯，步芦老依池，葩新盈圃。二十四桥名，谁堪取、诗意广陵前度。清心待月，俯身唯植青春树。未曾到处，江海近为邻，时来鸥鹭。

南歌子·岭南好（用张泌体）

最爱居番越，唯因慕汉唐。丹青丝竹仰重光，休道岭南更在外天荒。

柘枝引·处州廊桥

初弦皎月尚天东，丽日也当空。丘壑由他去，廊桥我自步春风。

相见欢·虹桥

归期又把人撩，约虹桥，更是无边思盼、寸心焦。

不觉蹙，跂望目，正相招，捉到双眸如电、共天烧。

相思儿令·放假

最恨学堂多事，冬夏课长停。平日尚能心到，偷眼望娉婷。

便把住址探听，胆寻寻、边上行行。遮檐还且羞颜，过来楼下心惊。

柳枝·浦江游览（用朱敦儒江南岸体）

新上海，心向海，顺水行船趁好风，画图中。
百业丰，满江红。人在潮头盛世逢，跃如龙。

附：《柳枝·江南岸》

[宋] 朱敦儒

江南岸，江北岸。折送行人无尽时，恨分离。
酒一杯，泪双垂。君到长安百事违，几时归。

柳梢青·春雨

雨细灯残，骈移缓步，话些无关。伞退斜倾，言来试探，珠滴柔肩。

轻将手柄扶前，却未敢、挨身挽牵。停怕人羞，行愁街短，似此熬煎。

点绛唇·拟仙吕调京剧唱词寄水师陈将军

望海迎风，劈波正向深蓝去。舰桥高御，猎猎旌旗举。

径写春秋，莫管西来飓。晨星语，长天已许，直到东方煦。

临江仙·重庆（格依鹿虔扆金锁重门荒苑静）

城扩两江弥望眼，渝中灯焰缤纷。洪崖洞上奂哉轮，入来仙境，换盏一同醺。

义气千秋巴国事，尚存曼子忠坟。八年砥柱赖斯民，方今果报，荣景陟云津。

昭君怨·远行

莫道雨来无意，凉热遮云悄异。一霎突来风，更匆匆。

无限春光都尽，何况一期花殒。看似自由身，不由人。

思远人·读宋人离别词

千里相思应有寄，都寄共情月。看常圆敢缺，终高同远，强过雁书绝。

古时岂似今时别，一别或歧诀。到各对玉盘，百肠千语，才吟半行偈。

品令·大儿生日戏作

猛一顾，居然是、生肖双轮已度。个儿长、不及庭前树，似挺拔、却有肚。

近日颇知自律，早晚行他千步。心底儿、多个人恋慕，总要些、惹人处。

拜星月慢·科尔沁原上夜

日尽天涯，晖余野际，新月如钩暗绾。不舍难留，便相随行远。夜沉寂，片刻、青黄赤白诸色，一线微光无见。笼盖苍穹，渐星辰弥漫。

叹平生、莫此星河灿，不辜负、赶路痴心汉。竟有一念来通，辨中宵飞雁。字人形、北地南归返，人谁个、盼递平安简。科尔沁、原上相思，恰情长板慢。

看花回·蜀南竹海，次韵柳永玉城金阶舞舜干

放达无求不自干，生长之欢。与天虚接真青士，偶用材、做管为弦。夕晖朝露际，闲画云烟。

舒气根间许共妍，岁岁年年。此山仁性宜多寿，好花开、任便万千。叶零无所谓，潇洒风前。

附：《看花回·玉城金阶舞舜干》

［宋］柳　永

玉城金阶舞舜干。朝野多欢。九衢三市风光丽，正万家、急管繁弦。凤楼临绮陌，佳气非烟。

雅俗熙熙物态妍。忍负芳年。笑筵歌席连昏昼，任旗亭、斗酒十千。赏心何处好，惟有尊前。

秋霁·贺《全球城市研究》季刊首发

天下宏观，判列国千年，起落生息。以肇文明，或臻富庶，多凭聚邑之力。发乎厚积，竞争引领新潮急。见历历，城市、更将生业好于昔。

都会十百，纽约伦敦，上海巴黎，一世堪匹。梦将来、周公善断，条分利病数微析。学问与时同演绎，博采深究，日日月月年年，幄筹无漏，壮猷当辑。

秋蕊香·咏菊

翠盏金缠丝堕，玉体幽香深卧。秋来一季开千朵，世界又如新个。

年年九月多嘉贺，对红火，清颜净气谁宜可，还有这般人么。

促拍满路花·壬辰夏游太行山

千里真龙脉，万丈太行山，比邻王屋共云烟。愚公智叟，遥想隐其间。所争今安在，所见何处过来，动了谁边。

美哉奇嶂佳树，飞瀑到溪泉，人神无怪用心搬。好花生处，打点作嫏嬛。天帝还应感，有心人把，水渠凿石通穿。

剑器近·晏安更祷人依旧

祸来骤，赤县疫、舆情纷纠。楚天厉妖风吼，倒昏昼。霹雷手，菩萨愿、哀矜悯宥。谰言蝠飞狸走，各私斗。

无咎，宇苍非桀纣。仁心未泯，耻后勇、患难能相救。长抛清泪数程期，看官民士医，固知华夏天佑。已伤春酒，物与同胞，一体情通痛受。晏安更祷人依旧。

怨王孙·过贵阳市府咏银杏飞叶

黄叶纷吟晴雨赋，风不见、须从秋树。最怜银杏洒金花，正静好、无相负。

花早叶迟留不住，还算晓、明春来处。期期长与共芳菲，岁岁老、人多故。

怨春郎·拟台北阿扁怨

做人家，殊不易，活受窝囊闲气。本还以为好心机，把户主当真，有梦总美丽。

看如今，天下势，些个挣扎都无济。妾办不成呢办不成，糊弄搅和一把烂污泥。

帝台春·丙寅夏岱岳看云

峰顶独坐，烟帘看云卧。寐态窬姿，觉转身来，徐徐亲我。此际唯嫌颉字少，韵书里、不曾寻个。好形容，万古长情，风神婀娜。

花万朵，香共夥。忽尔左，蓦然妥。正旭日祥光，祭封时，必也是、蔚然兴作。能遇其时应天许，难得匹夫顺心可。目遥海波东，有龙吟相和。

迷神引·云之南

谁梦追云南天际，日影那边何地？斑斓七彩，把春长寄。引无端，迷情曲，梦云绮。汉武元封后，两千纪。又有多多少，念千里。

洱海苍山，合做瀛洲比。此境从来，神先抵。不曾辜负，有心人、殷勤意。对湖山，无因泪，由然喜。初见如逢故，最堪记。相思何为好，莫知起。

洞天春·广西左江花山岩画

明江秀美岩上，壁画高宽数丈。一片惊呼待头仰，望鲜红云绛。

图形笔意放犷，古朴生机正盎。万类风情，百般人物，千年遐想。

洞仙歌·填词四十年（格从苏轼冰肌玉骨）

少年羞癖，惯隐身诗寂，叨得思沉性情易。又何曾、肯写无故虚文，唯吟些、宇宙人生经历。

恕心嫌讽刺，耻作青词，安避闱中事堪缉。铁板共红牙，柳岸江涛，一真率，便同呼吸。倘承问风流句频频，敢相告坡仙久来扶笔。

恨春迟·过杜甫草堂

有恨低吟成浅醉，应好过、无事生非。愤怒出诗人，草屋秋风劲，拾遗欲茅回。

天宝初时天花坠，漫说得、见预何谁。纵写离人有痛，豪吏无情，三篇消息还微。

祝英台近·访汝南梁祝墓

晋唐时，梁祝事，真伪固茫缈。越曲声悲，悲过汝南调。古今缘上增生，怨中沦灭，那堪问、类同多少。

莫能道，犹豫谁恨夫家，初情未深好。须待坟崩，情化蝶双绕。误人终为常情，多因陈泪，感身受、不知何了。

眉妩·时尚玩偶泡泡玛特

列三排型偶，五色娇娃，朝夕两相看。造像新时尚，原来是，童心欢喜重现。意中旧眷，惹爱怜、惺惜青眼。泯人我，宿愿何经历，此生几多款。

初见，神仙应羡。似月宫憨兔，春梦羞媛。揽颈温柔御，风行处，如眠如觉星璨。世间有伴，得一人、而寓千面。固千变轮回，情辄在、莫真幻。

贺新郎·己亥夏重游拉萨

拉萨经游数，这回来、寻他究竟，高城深幄。活佛偏何单牵手，世祖座前暗握。悄褪过、余温串镯。六眼天珠连赤绿，便迟疑、听得师言确，君旧物，勿相却。

十年重赴红宫约，未曾明、当时故事，恍今如昨。八廓街心圆明月，犹带小楼一角。据说是、仓央轻薄。来与不来人都在，纵有情、星叶皆同落，又一世，更谁讬。

绕佛阁·忆游朗勃莱邦思辨感恩

老挝北嶂，穷险尽处，莲国仙壤。能臂下况，塔临水际、金光伏长蟒。小乘万象，千岁笃信，红褐黄氅。香花宝藏，梵钟空净，人间礼和尚。

昧旦跽街侧，合十虔诚迎受飨。斋例饭团、师来承供养。到朗勃莱邦，前后思想，俗情虚亢。问彼此谁施，功德何傍，妄心来、总多花样。

绛都春·什刹海

青阳知返，正散尽寒鸦，晴空新浣。裁叶春风，掠尾新燕共飞剪。绿云摇曳清波岸，海前后、几家僧院。舍居错落，红墙隐邸，又连深殿。

行遍，斜街细巷，看陈列、酒肆书坊歌馆。十里重周，廿载还来多少变。桃花应笑刘郎面，客身忘、乡愁若眷。晚钟烟气曾经，倚桥望断。

盐角儿·来应未觉

来应未觉，去应未觉，平常今昨。风天偌些，情天若个，有谁曾捉。

独听心，群听乐，能观处观何真确。放空矣、非非是是，才好一身闲著。

捣练子·自蓉飞藏遥望雪峰

穿雨幕，望冰岷，展翅高飞已化鲲。常愿眼光天外好，不分山雪与浮云。

荷叶杯·颤手强端风雅

颤手强端风雅，微洒，染红妆。这回难免遂郎愿，嗔盼，更惊慌。

荷花媚·湘乡曾国藩故居

清芬带精魄，莲之爱、富厚堂前规格。涟漪圈点出，文章历历，似荷风索索。

入旧宇、唯见横平直，昔藏书万卷，全无遗册。吾来拜、西厢下，他家公子，致塔城归国。

莺啼序·林子论道

当年杏坛白话，对三千俊彦。讲通论、究际天人，古往今贯之变。溯原始、洪荒宇宙，荆榛草莽生灵见。道何焉，先验无非，往来人践。

譬若初民，任意所适，各东西未限。庶生齿、连踵摩肩，毂前车后而怨。奈之何、孰当避让，故夫子、尊卑相劝。老聃言，何莫寡民，弗闻鸡犬。

无争固好，不治安能，序分出贵贱。蝶梦讽、圣贤龙马，水月镜花，一己偷生，管他堵烂。先儒后派，归仁趋义，德犹化礼纷繁辩，看街衢、日殴群氓乱。情怀教主，非攻互爱谁听，祭出鬼神威悍。

诸家唱罢，一统求安，势术妆法宪。路岗警、把青天扮，让渡公权，迭上尊号，听凭调遣。千年历历，徘徊歧路，自由保守中左右，绿红灯、长使人多眩。平心中夜观书，厚道悲心，尚须具眼。

桂枝香·青岛海滨，次韵王安石金陵怀古

迎潮入目，似遍抚柔和，一扫矜肃。欢喜风声鼓宕，水花腾簇。金沙细软平铺榻，巧支持、帐闱才矗。便抛罗袜，坐舒长胫，濯沙温足。

落霞飞、流云汐逐。畅眼底心扉，曛海相续。放达天机，世俗不关尊辱。人间自在因缘法，会青天红日波绿。此时应有，歌讴丝竹，度何新曲。

附：《桂枝香·金陵怀古》

［宋］王安石

登临送目，正故国晚秋，天气初肃。千里澄江似练，翠峰如簇。征帆去棹残阳里，背西风、酒旗斜矗。彩舟云淡，星河鹭起，画图难足。

念自昔、豪华竞逐。叹门外楼头，悲恨相续。千古凭高，对此漫嗟荣辱。六朝旧事如流水，但寒烟衰草凝绿。至今商女，时时犹唱，后庭遗曲。

桃源忆故人·梦到韶山

韶山本是桃源梦，四海风雷惊动。竟把地天翻弄，再造开新统。

从来天意听民众，遍唱东方红颂。环宇又逢潮涌，思有斯人共。

破阵子·疫必靖民必安国必兴

又作小儿辩日，莫非竖子争雄。想后思前多少别，北辙南辕左右同。允公务执中。

事固难明一月，忧何能尽三盅。须有豪情开万世，都是人民积寸功。长歌唱大风。

哨遍·取意诗经新词谱曲（调依苏轼为米折腰）

钟鼓乐兮，琴瑟友之，梦想如真显。水绕洲，鸠鸟诉关关。正淑人窈窕初见。乍难安。有心欲求之也，瞻前顾后颠连患。唯寤寐思存，晨昏反侧，精专一气相贯。则去邪真意蔽全篇。拟曲谱音喉管弦翻。今古衡情，中外兼声，莫非式善。

天，人地之间，三材与共因时转。毛序诗出志，情动于中何限。尚不足嗟之，或能吟矣，人心不二言辞变。虽黑绿蓝苍，青青色尔，子衿须是衣靛。况本乎情理以今观。通感者、美焉自生怜。信达雅、绎神成典。聆风应取人意，讽颂都深劝。兴而能赋呻其可道，事类传奇若串。大千三百尽悲欢。倘知音、一唱三返。

倾杯乐·倾引流霞（调依柳永楼锁轻烟）

倾引流霞，仰承天禄，低眉悄睇佳色。赋形似水，生韵象月，定世间高格。郁香惯不借风至，至夺魂摇魄。何须有事，当此际、相对都成欢伯。

解忧莫如催乐，本来应是，缘法安心策。况物我浑忘，钓诗钩到，近贤人之德。也藉春秋，还凭冬夏，斟酌多时刻。暂为客，须尽兴、一浮大白。

留春令·冬游粤琼

早春生气，恍然重到，有花能认。一路追风海山南，是还是、春萌蠢。

每约酣忘皆不准，又分香传问。泉酿多斟启新瓶，醉归醉、今儿尽。

恋绣衾·切莫相催日三竿

切莫相催日三竿，好时辰、真好睡眠。没要紧、凡常事，早无非、多些个烦。

少年且惜无边睏，老才愁、何梦做完。任绣衾、含花枕，此唯大、余尽勿言。

高阳台·崂山

沧海兴歌，蓬山入画，太清宫顶烟岚。指地扪天，老聃手印玄涵。五千言外非常道，愈况之、蝶舞香龛。又球花，尽夏长开，玉绣颜蓝。

娇红俊柏凌霄上，共云端岁月，成长相嵌。世纪多经，佳年一百来添。穿墙而过无稽事，做好人、便见仙凡。若神来，应许安熙，掣到金签。

离亭燕·疫岁春寒忽见腊梅凋残

疫岁长寒风偃，人寂未闻啼唤。取径惯常庭树侧，错过冬英丛瓣。夕照对空枝，已是陨零将晚。

侵帽冷香敷面，蒙鼻厚纱遮眼。梅待我知连三月，我待春风无见。代谢自生机，梅子熟前归燕。

唐多令·寻个没来由

春去敛残英，夜来数蛰萤。叹流年、对镜伤惊。寻个没来由爱我，便是了，托今生。

莺过哪堪嘤，蜓飞何欲停。费经营、好续前盟。寻个没来由我爱，总才有，此心宁。

粉蝶儿·老忆儿时

老忆儿时，狗嫌年七八九。数奇葩、满园香臭。越篱墙，攀屋瓦，艳妍相斗。自嬉欢，何识折红怜蔻。

郎也读书，残编水浒谁授。扮英豪、不分昏昼。马牵谁，三碗酒，豆浆笤帚。黑旋风，爷来犬飞鸡走。

烛影摇红·沧州单桥七夕

独在沧州，忽然七夕何曾约。一桥谁架跨潴沱，须拜知心鹊。

此际晚风如乐，送君来、沉迷不觉。月留之久，夜盼其长，相思正确。

酒泉子·贺兰山岩画（依温庭筠体）

　　崖壁野羊，将毁贺兰岩画。自能攀，浑不怕，愈猖狂。

　　引来天敌抑之方，狼以逐羊生态。孰为强，谁个殆，饿杀狼。

浣溪沙·登临海桃渚古城后记

　　桃渚涧环城外水，女墙风动戚家旗，纵谈今古乱花迷。

　　梦里能诗安可信，觉来观史又何奇，笑予身手自夸欺。

浪淘沙·原创歌剧《汤显祖》盛演于悉尼歌剧院

穹角又天南，万里云岚。去年裁剪定春衫。过海翻秋都一热，正好风瞻。

漫卷妙音帘，梦戏如参。华洋不隔共痴酣。美丑是非终有数，任付评谈。

浪淘沙慢·述东坡前后赤壁赋

任扁舟，苍空影鹊，赤壁江月。苏子吟波激雪，周郎纵火喋血。叹孟德、连舻烧石裂，对幽景、百感还噎。客与唱、吹箫惹星寂，青山和声阕。

何竭，自来逝水相蹑。映万古、阴晴盈虚递，未息生与灭。从不变观之，乌有分别。一毫莫挈，吾共卿、唯与清风相契。

携酒重来烹鲜鳜，微酣后、夜攀险绝。振长啸、惊飞林木叶，悄知恐、亦乐游乎，寤梦里，非僧即道频来接。

宴山亭·到青岛

被国都城，胶州马场，夕照霞天时候。西汉大明，尽在遐思，回顾已升星斗。策驾东来，一湾海、幕云烟岫。如奏，谛万籁仙音，吉光微透。

连岛飞渡长桥，向灯舟火宇，锦城红宙。宝境福多，佳事缘深，偶然定然天佑。把盏应欢，逢益者、初情长友。知否，人不醉、非关胜酒。

宴清都·阆中

昆阆仙乡梓，瀛洲筑，嘉陵春水环伺。江城古意，云台胜处，唐隆州治。雕梁栉比堪嗟，但留宿、侯家院子。亦听得、曾驻红军，象谦元帅居此。

天罡比宅淳风，都为妙算，无乃神赐。西川举贡，东山有佛，气升霞紫。生民庶富安晏，酿香醋、观音旧寺。更可感、忠义张飞，桓侯永祀。

调笑令·亲娘教子

神兽，神兽，这货谁家没有。愁人好赖不知，温柔也变吼狮。狮吼，狮吼，气得亲娘动手。

绣鸾凤花犯·初冬傍晚

好时光，江南葭月，温阳尚微趁。菊垂幽遁，收一季香如，君子无闷。百花次第携归隐，应知冬雪近。到那际、腊梅疏朗，萌芳犹自嫩。

将闲静观叶飞黄，低头满落色，还依根本。来去去，唯风雨、凭春秋信。街边立、百年树木，枝喧雀、十年人换尽。旧熟识、其归何处，炊烟还混沌。

琐窗寒·咏春风

乱絮飞云，横波跳影，柳梢惊雨。春风似病，否则奈何疯舞。更疑癫、变多乖张，晦明不定温寒互。已把花催促，又将摧折，莫非生妒。

何故？频频误，竟惹遍人间，恼翻天序。逡巡欲止，款款入来窗户。拂纤尘、琴剑悄吟，案头正写医妄谱。砚余香、袅袅轻吹，纸上相呵护。

黄莺儿·听歌，步韵柳永园林晴昼春谁主

嘤嘤鸣啭何须主，偶动风兴，常藉花听，真作依凭，莫非春树。歌解得是心神，懂了非言语。肺肠唇舌之间，乍喜还悲，闻者如诉。

何据，血脉共潮来，气息随声去。岂都能说，往事平生，争禁手挥身舞。须唱到忘情时，曲尽难知处。一旦别过知音，还有谁相与。

附：《黄莺儿·园林晴昼春谁主》

［宋］柳　永

园林晴昼春谁主。暖律潜催，幽谷暄和，黄鹂翩翩，乍迁芳树。观露湿缕金衣，叶映如簧语。晓来枝上绵蛮，似把芳心、深意低诉。

无据。乍出暖烟来，又趁游蜂去。恣狂踪迹，两两相呼，终朝雾吟风舞。当上苑柳秾时，别馆花深处。此际海燕偏饶，都把韶光与。

菩萨蛮·闻武汉四月疫将止，依毛主席黄鹤楼原韵填词为祷

一城祸福关邦国，春风四月重回北。枯木幸萌苍，泪樱落汉江。

英雄身影去，逝者伤心处。水广必沧滔，中流砥更高。

附：《菩萨蛮·黄鹤楼》

毛泽东

茫茫九派流中国，沉沉一线穿南北。烟雨莽苍苍，龟蛇锁大江。

黄鹤知何去？剩有游人处。把酒酹滔滔，心潮逐浪高。

戚氏·悼学界长者

月旬更，又到伤吊送人厅。寄意银河，托魂仙境，慰平生。脩名，极哀荣，躬身泣下尽簪缨。三千弟子同悼，更有多士拜香馨。恩义长在，文章千古，至今应盖棺评。固书生一介，清风两袖，遗世之英。

清醒，向外无争。时与化并，皓首以穷经。终归是、己人能定，宠辱难惊。占咸亨，否泰百变，随他既未，自守相衡。德能外用，利济多多，此际玄奥分明。

百数非亲故，耳闻目睹，竟放悲声。可见公心自在，触情怀际遇作嘤鸣。一时挽幛观来，素花辇去，应入平安径，但放开、便是真根竟，从来事、何作何成。不朽矣，如此嘉行，看寰中亿万费经营。况宗风盛，多私淑辈，世供香灯。

雪梅香·忆癸亥冬自阿育王寺步趋天童寺不至折返

四明肃，寒岩瑟卧涧冰封。看蜿蜒山路，行来漫转无穷。应把梅香与新雪，却将鸿爪对愁风。枯林寂，窅窅茫茫，斜照偏红。

朝东，廿余里，要趁西阳，古刹天童。祷影长伸，带心直到前峰。人向尘中辨真假，道于无上论虚空。当年事，过后方知，都是相逢。

眼儿媚·秋阳新叶

秋候何当叶新枝，嫩嫩小心思。阳春拂扰，莹芒摇曳，眩化飞丝。

温风含雨盈流昁，无故怯人知。便听曲折，鱼筌侃侃，言意痴痴。

减字木兰花·十五志学座右四铭

性之相近，潜踞高飞当尽分。心有能安，物与同胞共戚欢。

兴之所至，摒弃机心天必赐。时至而行，为己弘修致太平。

望仙门·娘子关感怀

一生无遇起刀兵，享安平。春秋卷卷写纷争，此常情。

莫作当然想，其中自有经营，感恩谁为筑长城。筑长城，关上候金声。

望仙楼·偶过静安少儿图书馆旧址

梦中常有好书来，借阅须还先索。翻读难眠惊觉，无负明之约。

不求甚解玄机，但为粗通大略。自许决之帷幄，年少真能学。

望汉月·首尔汉江夜游船（依晏殊体）

灯火万家楼阙，隔岸叠层排列。岁寒时节夜航船，正温暖、此情难别。

谁将名字改，能改未、汉城明月。汨罗江上好风彻，又送到、浪花香雪。

望江东·科尔沁后翼左旗

因寐谁将梦真看，履圣迹、熊蛇幻。生儿直向草原断，喀喇沁、亲王诞。

芳川策驾巡行遍，素志矣、今还愿。一飞龙马在天岸，俨然望、云舒卷。

望远行·二月十四闻医者千七百人染疫

团圆岁节，征人去、泪化寒天凝雪。一行危楚，便进围城，蹈险岂无忧结。本是常人，因在济生医业，身自奋先豪杰，但慈悲、唯见鸿飞夜月。

谁曰，阿鼻狱应我入，事至此、舍之方决。职志浩然，素心久矣，时遇不烦言喋。何用空歌虚鼓，金章云绶，莫若哀亡矜子。跪万千中砥，平民忠烈。

望海潮·过惠州西湖夜宿十里银滩

鹅城佳胜，西湖是也，同名抗与杭齐。洲塔影澜，留丹点翠，香风直上苏堤。放谪固传奇。学士肚皮里，不合时宜。但有朝云，不为良相自能医。

晚潮悄至如期。有千缠乱漩，一点灵犀。鱼呴沫濡，沙平水暖，漾星清且涟漪。踏浪复何疑。进退随兴灭，归去来兮。向月相招仙侣，青眼却眉低。

望湘人·旧金山华埠饮侨

谓因醇且醉，无辣不欢，悄将盈泪遮掩。执酒扶眉，置杯拾箸，牖外红霓灯闪。偶遇他乡，或闻其事，微尝咸淡。彼自言、来此侨居，隐约虚真星点。

曾拥湘中大店，奈神差鬼使，自行收敛。竟桴过洋来，放谪不知谁贬。云恨雨怨，妇离儿厌，却道终无遗憾。又怎奈、逆旅人生，去去匆将何站。

清平乐·成都

从来天府，华宝钟灵注。仙李托生居老杜，莫问人间几处。

垆肆酒帜琴鸾，武侯前后遗篇。但入锦官城里，欢时莫忘穷坚。

添声杨柳枝·国庆五十周年填贺圣朝影词牌

　　五十应将天命知，正当时。心思不必辨妍媸，看花枝。

　　常有雨风迎面过，便由之。千年盛世入歌诗，饮三卮。

渔家傲·象儿十岁下厨

　　何物诱人香溢碗，软糜硬豉葱姜蒜，入口莫名滋味善。无问款，老夫嗜食加餐饭。

　　道是小儿今作馔，手忙脚乱新庖膳，踏碎一篮松花蛋。真能干，捣成酱粒麻油拌。

渔歌子·苦禅

　　常尽良心点石顽，再无和气对风闲。须独坐，过禅关，钓台嫌网费钩还。

淡黄柳·上海书隐楼，步姜白石空城晓角原韵

城厢一角，街老风观陌。燕子今年来亦恻，尽是尘封待拆，飞落人家或曾识。

院深寂，虫声耳如食。前朝事、剩残宅，但神思恍恍飞春色。竟忘无书，有心应可，相隐苔墙映碧。

附：《淡黄柳·空城晓角》

［宋］姜　夔

空城晓角，吹入垂杨陌。马上单衣寒恻恻，看尽鹅黄嫩绿，都是江南旧相识。

正岑寂，明朝又寒食。强携酒、小桥宅，怕梨花落尽成秋色。燕燕飞来，问春何在？唯有池塘自碧。

婆罗门引·太湖拈花湾

太湖左岸，马山接引梵宫山，一湾形胜清莲。妙在无中生有，情洽古风还。况瑜伽禅意，天竺长安。

洋洋可观，耳听得、乐声喧。宏构楼台演戏，玉笏雕鞍。来兮入相，去出将、上下两门关，拈花际、一笑何言？

梁州令·贵阳白云泉湖

岸上闻歌句，绕过空山还遇。宫商兀自费精神，神来不必声多取。

红鱼泉水双双侣，气沫谁人语。人言几段云缕，寻常也共风来去。

惜分飞·福州林觉民故居《与妻书》手迹

是好男儿都眷妇，意映卿卿如晤。见字应闻讣，死生歧路，阴阳阻。

总要断头成诗赋，却是偏偏负汝。家国难兼顾，一身分付，君能恕。

惜红衣·兴化郑板桥故居

小院花零，低檐匾旧，竹香兰芷。老叶黄枝，翩然见风致。苔墙映衬，身骨挺、犹真名士。如是，莫把主人，认糊涂惟止。

聊赊壁月，长借窗风，闲书案曾仕。为民父母，不负两闱试。笔落响同金石，构画神关青史。谓板桥人过，清白固留心纸。

惜芳时·思归乐（调依欧阳修因倚兰台翠云弹）

人到中年最佳境，父母在、儿郎答应。爷孙傍晚牵黄骋，夕阳里、满园追蜢。

我归欲过花间径，老与小、偷偷躲影。阿黄可爱通人性，奔来告、汗先擦净。

惜黄花慢·癸巳清明芜湖吊戴安澜将军墓

赭山春意，在气韵渐升，清明方祭。墓里安魂，共悲陕北渝都，国祀一人而已。那年滇缅血衣归，道路哭、飞花千里。溯清季，绝域建勋，谁与堪比。

行书一纸遗言，赠诸将、述尽成仁乌以。乐境油然，死生已淡能平，物我不求无忮。捐躯猛士古今多，最难得、将军申义。无朽矣，冢上正开桃李。

谒金门·消夏画虎

无风逐，长夏不终三伏。闲写於菟肥匐仆，姑作山林属。

镇纸还加书牍，题罢羊毫犹漉。再画爪身应入目，著些风儿复。

尉迟杯·于阗少女

尉迟妹，便素颜犹带三分媚。天生面白唇红，善睐明眸如水。于阗人美，从古是、秀外而中慧。共中华、绝域风情，笔墨难穷描绘。

雍容组玉珠珮，还应有、风光凤冠霞帔。巧笑含春，温言摘月，动若舞旋香桂。骄阳下、才鲜花卉，竟不觉、无端感催泪。愿年年、好意天怜，勿使琼华多坠。

绮罗香·昆明

百里滇池，千层玉嶂，钟毓春城风度。晴爽长空，好教彩云吞吐。知望气、龙伏方惊，善听律、凤鸣将翥。语难尽、天上人间，此间不似世间数。

高原襟带四际，和协西南国族，中枢佳处。岁在升平，期以万年繁庶。人贵与、其道融通，物相杂、曰文交遇。我今到、胜境仙乡，不禁兴比赋。

绮寮怨·红楼梦

一唱金陵遗曲，石头将泪捐。原本个、好事天成，起承转、不合终篇。西厢当初故事，共读做、月下人似圆。待掀开、面上红巾，笙歌里、已是人两边。

总要违情设言，分飞意外，好才赚取心酸。别亦缠绵，自去后，有时还。平常一般言笑，白日梦、更孤单。人间已难，天还忍戏弄、多可怜。

琵琶仙·陈应时敦煌古谱新释拟乐

闻曲潸然，似听得、古谱敦煌歌乐。谁与唐宋相知，陈公应时确。操《品弄》、《伊州》唱罢，悟心把谜题商榷。引凤琴箫，惊鸿筚篥，声定元龠。

莫非是、前世亲聆，这时候、吹弹一如昨。从此焕然疑字，作宫商徵角。能演绎、今风旧韵，况又兼、绝域新学。艺苑长念斯人，好音先觉。

越溪春·游瑞安赠麻市长

瓯海玉楼皆学问，行读两洋观。上来圣井山巅诵，梓辑文、三字真言。江曲飞云，壶中善酿，如列仙班。

重重倚靠连峦，高处揽瀛船。一城形胜岭脉屿穴，宜哉福瑞康安。南戏鼓词新得意，春气入嘉年。

喜团圆·成都大熊猫基地

将人爱煞，猫姿贵相，熊态憨颜。欢儿欲学圆翻滚，照模样团团。

来生做个，自由自在，随便围观。好无好过，谁能毁誉，不解悲欢。

喜迁莺·咏新啼

春漏泄，气清嘉，梅老数枝花。莺衔新曲弄纷华，飞落作人家。

风为媒，天成对，树外谁知佳配。轻声当是诉相欢，更祈一世安。

朝中措·书院

文章太守昔曾言，万字饮中篇。倦宦不胜浑酒，兴来挥洒青丹。

蓝图易渍，朱钤未澂，钩画谁刊。应信平章手笔，悠然管取来年。

紫萸香慢·纪念抗美援朝七十周年，步姚云文原韵

恰重阳、今年同日，出征且记分明。想当初钢少，士多气，做长城。鸭绿江东鏖战，便扬威宣示，立国豪情。祝遐龄、九九上座众将军，耄耋岁、寿翁老兵。

天清，日丽狮醒，雄振吼、世和平。论栽花插柳，培元树本，何必他评。但求万年松柏，为英烈、守园陵。叙功勋、莫斯为大，念斯人也，瞻仰红帜金星，闻乐涕零。

附：《紫萸香慢·近重阳》

[宋] 姚云文

近重阳、偏多风雨，绝怜此日暄明。问秋香浓未，待携客，出西城。正自羁怀多感，怕荒台高处，更不胜情。向尊前、又忆漉酒插花人，只坐上、已无老兵。

凄清。浅醉还醒。愁不肯、与诗平。记长楸走马，雕弓笮柳，前事休评。紫萸一枝传赐，梦谁到、汉家陵。尽乌纱、便随风去，要天知道，华髮如此星星。歌罢涕零。

最高楼·庚子春看世局

当今世，纷扰愈汹汹，根蒂竞西东。苦无良策平天下，贵依长计利寰中。异先存，明大小，但求同。

忽一晌，这边须历劫；下一晌，那边终报业。虽忐忑，莫忧忡。从来祸福因人定，此回翻覆任天公。薄西山，枝上日，欠东风。

喝火令 · 表白

忑忑排名字，来回算岁庚，藉言星座喻佳征。春水已生倾注，醒梦一娉婷。

运至非知命，缘来自合情，此中难表与君听。也怕波平，也怕把鸿惊。也怕陋惭如我，误负了卿卿。

御带花 · 游日本，次韵欧阳修青春何处风光好

瀛洲帆海衣襟水，片刻飞到佳夕。雪峰明灭，正锦街灯丽，玉楼幡碧。七彩熏空，切莫使、光风浪掷。怜人处、唐形宋体，遗韵入民宅。

流连徜徉兴致，恰熟面非亲，冷眼为客。古香传统，或故意翻新，匠心生陌。改造唯人，万事物、可兴可寂。求诸野，东夷不失，上国自应得。

附：《御带花·青春何处风光好》

［宋］欧阳修

青春何处风光好，帝里偏爱元夕。万重缯彩，构一屏峰岭，半空金碧。宝檠银釭，耀绛幕、龙虎腾掷。沙堤远，雕轮绣毂，争走五王宅。

雍雍熙熙作昼，会乐府神姬，海洞仙客。拽香摇翠，称执手行歌，锦街天陌。月淡寒轻，渐向晓、漏声寂寂。当年少，狂心未已，不醉怎归得。

御街行·步范仲淹秋日怀旧原韵

团团锦绣雕栏砌。夜似昼，烟花碎。观风新度太平歌，传响山河天地。龙飞之象，动车虹练，朝夕三千里。

居安更莫酕醄醉，越故事，荆人泪。兴亡千古总非虚，难得真言知味。从来究竟，初心头上，扪问须无避。

附：《御街行·秋日怀旧》

［宋］范仲淹

纷纷堕叶飘香砌。夜寂静，寒声碎。真珠帘卷玉楼空，天淡银河垂地。年年今夜，月华如练，长是人千里。

愁肠已断无由醉，酒未到，先成泪。残灯明灭枕头欹，谙尽孤眠滋味。都来此事，眉间心上，无计相回避。

湘春夜月·板仓骄杨

月新明，板仓窗外青春。只见叶树多萌，生悄悄年轮。费解雀声喧闹，又雀声归寂，过了黄昏。奈夜长不寐，遥闻震曜，风雨何晨。

罗霄念处，苍梧梦里，频到惊魂。一别长分，思不得、九嶷斑竹，抛泪斑痕。天崩海竭，誓与随、伊个南巡。死事小、要成功我大，关怀最是，千古湘君。

渡江云·牡丹江

中街三面岭，城南独阙，缓远起青坡。白云时变化，日影斑斓，明暗幻山阿。江如锦练，括长卷、万象婆娑。应点缀、浣娃轻舸，绿柳曳粼波。

如歌，流光律动，逝水弦宁，有强音几个。牙板唱、东胡鱼鲌，渤海金戈。悲风八女投江死，浪卷诉、告慰驱倭。今昔处，虹桥飞架长河。

谢池春·宣恩县扶贫安置

僻壤宣恩，楼宇学堂医院。不三年、新城矗建。山民安置，把贫穷翻转，下山来、别开生面。

千年未有，盛世均平真见。问薪酬、夫妻十万。招商设厂，业谋之长远，宅门前、汽车新换。

疏影·拟汤海若居南都

江天去路，近湖愁巷窄，小院花树。暗透流光，悄送微香，斑斑点点朝暮。凭窗醉忘栏杆拍，治平策、尘封虫蛀。月总圆、三五中宵，不管别人离苦。

忧亦无关进退，庙堂山海远，天堑重阻。水漫南田，寇衅东边，民瘼与谁分付。陪京正是笙歌际，夜舞燕、秦淮惊鹭。叹书生、风寓编排，惯写旧词工谱。

瑞龙吟·东坡把人开悟

快哉路，能致国老欧公，避他地步。西来纸贵京城，蹄香禁苑，春光异数。

妙花树，恬对四时天眷，一窝蜂妒。乌台所谓何耶，莫须有也，怀瑜罪楚。

飘到黄州才好，惠州尤可，北南歌赋。还有海角天涯，儋桨横渡。东坡渐远，随遇心安处。相思怕，西湖云倦，松冈日暮。不死耕斯土，我心乐境，吾犹自主。迟早经多故，何有味，人间清欢无负。一生万世，把人开悟。

瑞鹤仙·木兰围场至乌兰布统

　　正秋风塞外，晨雾渐，远近林岩粉黛。车行入蒸海，愈高寒，呼息且将稍碍。浓阴落霭，越岭溪、原旷草暖。日方兴忽照，山暖天青，水流云在。

　　慕想当年秋狝，万骑飙突，令旗黄盖。风光不再，择良马，仿姿态。信由缰，数里前行蒙境，平心何计慢快。唱江山代代，歌赋另存气概。

瑞鹧鸪·关外才秋叶已黄

　　关外才秋叶已黄，我痴不识问何芳。一丛热烈明天际，三面清幽闲道旁。

　　几处零花怜弱梗，多时昏眼怕强光。夕曛欲送红先到，不待侵侵寒树霜。

摸鱼儿·林子说史

九千年、怎从头说，扰叨石块遗骼。贾湖骨笛多音孔，纹画字应初刻。堪论得，岂不是、文明万载开光册，祖宗慧泽。笑陶彩西来，星图天落，何以立中国。

流金账，不用空多着墨，识观通史因革。大开大阖江山统，华夏悦来蛮貊，惟有德。兴礼乐、经权教化春秋策，当为准则。念今日寰区，偃风王霸，兴继必高格。

摊破浣溪沙·咏桂

信是秋风德不孤，偕将香桂到吾庐。黄叶碧云共天地，一同殊。

好句古人都写了，会心来处遍寻无。还把早春花气索，竟何如？

鹊桥仙·河坊夜雨

河坊夜雨，吴山暮鼓，身似重回南宋。倾心听伞御街边，正应是、临安旧梦。

便嬛风致，傲娇神韵，西子恁般天纵。初晴还怕舞飞蚊，戏盟血、卿侬与共。

蓦山溪·忆昔年少随父溯行九溪十八涧

光阴一倏，念及犹飞速。昨梦卅年前，竟依然、少年心曲。恍如随父，路远涧还多，通垅麓。烟树谷，物忘闻空足。

钱塘胜塔，身后频回目。已入暮溪深，却不疑、山重水复。幸哉何逐，循迹自然天，行若读，止如修，龙井能茶宿。

感皇恩·咏酒

异世酿殊方，天恩所注，倾倒英雄万千数。有时而尽，酹月犹闻金鼓。饮中山海远，凭飞渡。

抖个机灵，妆些戆鲁，席上无诚酒为醋。莫如寻到，乌有之乡深处。此杯真不用，青梅煮。

虞美人·伤逝

青春花树无闲赏，惯作寻常想。悲夫欢景太匆匆，若可重来一次定从容。

多经变故人生老，经过如何了。梦中惊问此何时，纵有万般心事与谁知。

暗香·五三惨案旧地至大明湖

朗天水色。色自来惹我，何生何得。得者壮心，阔此襟怀是乡国。国恨当年渐远，无敢忘、竞争天择。择在人、世易时移，宗旨定无惑。

长策。策有则。则选贤与能，广大其德。德如寡术，风化多方以柔克。克难兴邦之际，波暗涌、引潮当默。默而立、荷挺挺，一湖香泽。

锦香囊·三亚（调依欧阳修一寸相思无著处）

不到南天亲海处，了甚么风度。沙温柔、焐起心寒，潮壮阔、荡开情苦。

青宇白云将谁负，但与之倾吐。愿长似、春在芭蕉，应总能、鸟依椰树。

锦堂春慢·苏州光福寺

花絮轻飏，湖山正对，南梁讲寺樱株。唐铸观音，桥是北宋姑苏。顾野王曾捐舍，宅此光福浮屠。叹平生所到，幽境区区，偶遇惊殊。

有缘香熏钟谛，纵难瞻舍利，应灌醍醐。笑乞儿郎随意，俗念如吾。敢料闻声即应，竟予施、度手千扶。十数多年瞬过，辜负重来，莫辨鸾雏。

锦缠道·观赛马

立马郊原，但见女儿风采。正缨冠、白衣金带，赤骝英气红尘外。策纵随缘，一体如神在。

似闲庭踏阶，更须谁赛？驭吾心，古贤姿态。日炽炎、收汗成云，缓辔归来际，释念相亲爱。

愁倚阑令·悼同年友人（调依晏几道花阴月）

花秋少，日西偏，岁将寒。枝叶怜香蜂蝶后，噤虫残。

都是彼此同年，明春到、并不重还。一季亲知皆老去，泪潸然。

解仙佩·自篆口木公子闲章（依欧阳修有个人人牵系）

口木题名公子，合成文、正困呆痴。嗜治印操刀之时，许自通、不怕无师。

日用一方闲字，书扉空处尽钤恣。爪泥妄多行次，似千年、万里经知。

解连环·观湖北民族歌舞团音乐剧《太阳照在屋顶上》

幕开歌舞，有巫山雨笠，峡溪烟渚。此土家、诗里桃源，具史眼，谁为典型重塑。虚实皆难，戏真做、人间多苦。辨其由我执，或出客观，两不相连。

声讴感生肺腑，在闳深有旨，微妙无误。物我须、身受心同，必屋顶阳光，笔头情愫。人越凡低，事越见、衷怀亲抚。岂乖顽角色，曾把眷恩却负。

解佩令·眠时好来梦里

春来去矣，秋来去矣。恍惚间、绵绵无已。曾自宽言，纵小别、还添深契，似如今、怎能禁起。

青丝懒理，红妆早洗。正思量、床偎衾倚。再不归还，恐怕是、容颜忘记，且眠耶、好来梦里。

解语花·庚子纂《我在湖北》出版

当然岁月，竟是春秋，谁解微宏旨。变生平世，意之外、静好时光多事。疫情初至，各忧惧、毒氛吞噬。中有人、心有堪诛，曲笔阴阳指。

恰有六百学子，滞围城数月，亲与闻视。动情难置，非经历、悲喜万难驱使。官民一志，庆幸际、泪沾青纸。春已归、不待他年，回望皆成史。

新荷叶·庚子秋季开学

枝傲波粼，爽风带燕翩翔。一洗蓝天，红旗伴乐轻飏。青春面孔，总写著、朝气初阳。恰逢时矣，锦秋多少春光。

必也谁云，偶然才是平常。或尔如之，但凭人尽其方。天听在我，四洋顾、暗疬悽惶。开张一课，小而能大担当。

意难忘·访2019进博会忆2010上海世博会

岁在庚寅，举大观世界，博览春申。天时光旖旎，地利气氤氲。来远客、浦江滨，两岸尽更新。万国人、流连认赏，百业奇珍。

十年回首前尘，恰华夷并进，道路中分。产工逾远国，经济胜瀛邻。天下事、正纷纷，且打起精神。再十年、一番局面，检看愈真。

满江红·偶念平生

偶念平生，铭曾撰、怡怡自揭。非物喜、兴之所至，性安其接。且做真人纯率气，还凭济世宽仁诀。莫言利、行所必当行，题中切。

匡扶意，游于继。聊胜奕，诗千页。瞻前忽焉后，君子何觖。秋树老应依好叶，新花开未从春别。满江红、逝者若斯夫，身天协。

满庭芳·弟子检出早年为研究生会学刊《大学》题词

十八年前，平生感慨，谁将《大学》翻来。当时人物，今也举高才。朝夕曾经共与，谈笑处、襟抱张开。学应大，何尝小过，宇幄自量裁。

无涯，千百事，阳明心法，应对无乖。即从我出之，孰又难哉。自胜堪依常识，不妨验、异世同侪。诸贤弟，成章斐矣，颇慰老夫怀。

碧牡丹·阿母来信

暮上遥鸿雁，灯下新书简。母字三千，笔迹形如花眼。想必青丝，应白来相间，念儿忧更无遣。

假长短，早定何日返，秋衣切须先换。少读多眠，记得按时餐饭。闰月添烦，重把归期算，来年春节还远。

瑶华·冬游恩施

寒冬时节，不减仙风，似霞窠烟穴。清江碧水，山映对、岩上犹停红叶。泠泠未辨，远而近、嘤嘤交接。人哪堪、云满襟怀，冷卉还添香郁。

好山莫论荣穷，看土寨人家，栋构层叠。千年自活，高下树、姿态异同谁别。偶然来过，竟不忍、乡民情切。望野空、瑞气含中，只欠一番飞雪。

瑶池燕·堆书为阵，步韵东坡飞花成阵

堆书为阵，将人困。尺寸，得之如失才闷。平心问，真涂假揾，墙敷粉。

欲人知、方弄风韵。好年趁，心无外役何愠？飞花鬓，流光潓晕，寻谁恨？

附：《瑶池燕·飞花成阵》

[宋] 苏 轼

飞花成阵，春心困。寸寸，别肠多少愁闷。无人问，偷啼自揾，残妆粉。

抱瑶琴、寻出新韵。玉纤趁，南风来解幽愠。低云鬟，眉峰敛晕，娇和恨。

酷相思·人去后春何在

看遍春山全不爱，念深处，将人害。梦钩住，相思千里外。受得起，才应怪。放得下，应才怪。

独上高楼听万籁，夜雨骤，知无奈。似魂魄天涯因有待。花落了，根犹在。人去后，春何在。

睿恩新·感师教

　　凭空造意无题目，还欲写、地天翻覆。少年狂、只在胸襟，劈风手、遍扪肠腹。

　　久坐中宵郁郁，灯烛里、倚床而仆。待新晨、觉后灵光，老师处、闲书借读。

舞马词·唐乐赠儿二首

　　世人意马心猿，家驹辔玉铃鸾。故枥应安老骥，新蹄已在苍原。

　　执鞭任驾何欢，由缰信马谁闲。莫为高人一尺，须当纵骑千关。

潇湘神·何莫归

　　何莫归，何莫归，一山好叶落时飞。过客也将山看遍，还依流水立涎溦。

滴滴金·莫干山，步晏殊梅花漏泄春消息原韵

初阳冉冉无声息，四山新、一空碧。雀歇晨喧虑清白，此时唯珍惜。

江山作主身为客，尽欢心、对佳色。明日将来两相隔，更怕无多忆。

附：《滴滴金·梅花漏泄春消息》

[宋] 晏 殊

梅花漏泄春消息，柳丝长、草芽碧。不觉星霜鬓边白，念时光堪惜。

兰堂把酒留佳客，对离筵、驻行色。千里音尘便疏隔，合有人相忆。

翠楼吟·承德

眼底山川，尘中版册，都来我心如绘。丹青凭汗血，是谁作谁成其伟？康乾英辈。定一策巡游，殊方朝会。长城废，势成何用，枕戈安醉。

鼓吹，威动青原，望色旗驰下，兽奔庬吠。御观今狝获，叹无际天涯丰美。山庄临水，正日丽波平，风熏云睡。宸环卫，八星宫庙，共千秋岁。

蕃女怨·代蛾眉里咖拟怨春词

夜阑偷把花折弃，尘掩坑瘗。问村人，谁美丽，妾专春季。奈何红雨送新来，满园开。

醉太平·春来不禁

春来不禁，愁多自寻。窗前两只鸣禽，懂离人啸吟。

长朝拥衾，中宵弄琴。如何入骨摧心，看眉间刻深。

醉花阴·己亥夏秋上海师大迎校庆

六十余年前种树，浓荫消长暑。知了竟何知，热向湖园，愈静庠生处。

锦堂列座三千傅，秋桂香如故。翔鹭过漕溪，欲访人师，师在耘春圃。

醉花间·《老子》第一章

人能道，便非道，能道徒增笑。姑且强名之，《老子》开篇告。

天心无欲妙，欲界观其徼。终须两者同，门径通玄奥。

醉垂鞭·拟民歌秋千

小妹坐秋千，歌来唱，哥来荡。哥你慢些牵，妹还晕怕旋。

咱先都说好，轻胡闹，莫疯癫。总到要人言，哥才知惜怜。

醉翁操·观云

观云，嶙峋，铺陈。幻龙麟，如真，飞天又抟扶摇鲲。固知终化甘醇，施泽恩。覆宇荡均匀，正北南西东视巡。

静居耐夏，心外纷纭。养含气象，聊供诗眠酒醺。风过氤氲青春，夕至缤纷黄昏，轻浓谁辨分。苍穹瞑霞雰，月隐透星辰，梦中天上频吐吞。

醉蓬莱·胶东海滨

念齐盐煮海，莱阁函光，便巡嘉郡。伫立长滩，看风天真蕴。海市曾闻，蜃楼须见，却我来其隐。峡抱双肩，云垂一线，目中穷尽。

恰好心情，瀛洲常梦，觉悟清明，谛观浑沌。不息潮声，有东君传信。日月经行，遇时而照，或电辉如喷。浪涛新回，江河旧识，自来相认。

殢人娇·庚子秋思

频数归期，白露还遥小雪。况捱到、大寒之月。三秋好桂，赠漫天香郁，掩不住、千般万般纠结。

本作欢声，却成哽咽。难开口、诘言嚅嗫。可曾念否，我爱听啰嗦，再说个、念都有多深切。

踏青游·贵州大学寻访抗战时期大夏大学花溪校址

甲秀城南，花溪鹭飞洲渚，踏旧叶、惜芳轻步。此黔中，有大夏，序庠曾驻。乂南渡，衣冠播迁西顾，八岁植培人树。

校长名谁，须记殒身斯土，共国难、自强天助。只遗言，垂不朽，闻如金鼓。苍劲处，千百士人思慕，精神立像应铸。

踏莎行·音乐剧《梦临汤显祖》序曲

　　无古无今，方生方死，任他背景纷飞逝。唯真爱了永恒存，终归超越千般事。

　　情枉然间，理相疑际，悠悠大化流行势。梦中看过泪涟涟，谁能脱得时空世。

踏歌·大理风情，依韵朱敦儒宴阕

　　那月，亮如钩、要把春心猎。谁家子、俏浪多骁點，正唇红齿白甜言嗫。

　　这孽，定难逃、前世冤家结。叹阿妹、本是洁如雪，便失魂落魄无回绝。

　　泉上月，睡里蝶，苍山证、洱海听相惬。渐闻起歌吟，有燕呢喃契，待明朝、订个佳节。

附：《踏歌·宴阕》

［宋］朱敦儒

宴阕。散津亭、鼓吹扁舟发。离魂黯、隐隐阳关彻。更风愁雨细添凄切。

恨结。叹良朋、雅会轻离诀。一年价、把酒风花月。便山遥水远分吴越。

书倩雁，梦借蝶。重相见、且把归期说。只愁到他时，彼此萍踪别。总难如、前会时节。

蝶恋花·事业爱情谕后生

世上何来花蝶恋。花自开来，蝶自双飞眷。争把短春多缱绻，沾香花粉敷妍面。

百态千姿何艳炫。虫鸟蜂蝇，都作风媒荐。花谢果生从蝶愿，知为山伯英台变。

撼庭秋·寄信

字词还末重检,到定时钟点。信封才入,邮差已近,绿筒边站。

深箱角落,微黄颜色,好生收验。寄航空应快,三天以后,我今心念。

燕归梁·儿留学将归

家有儿郎十七龄,尚能训于庭。年前游学海天行,夏秋过、费叮咛。

一冬已去,三春也遇,归日勿留停。频将航次算分明,吾真老、梦还轻。

薄幸·步韵贺铸淡妆多态

女儿情态，最难晓、青眸白睐。爱侬煞、言中偏又，枪棒时时夹带。少年郎、呆傻天生，人中十九呼无奈。恨莫可长安，何如早死，薄幸之名能解。

自认下、猪头大，真拱了、人家白菜。不知而不愠，知难行易，死猪到此浑无碍。有三生再，愿仙音狮吼，花拳药捣还依赖。人间美好，佳处无非自在。

附:《薄幸·淡妆多态》

〔宋〕贺　铸

淡妆多态，更的的、频回眄睐。便认得、琴心先许，欲绾合欢双带。记画堂、风月逢迎，轻颦浅笑娇无奈。向睡鸭炉边，翔鸳屏里，羞把香罗偷解。

自过了、烧灯后，都不见、踏青挑菜。几回凭双燕，丁宁深意，往来却恨重帘碍。约何时再，正春浓酒困，人闲昼永无聊赖。厌厌睡起，犹有花梢日在。

霓裳中序第一·宜室

星灯漫扑簌，映衬霓虹云霭筑。彤影入来小屋，看案列香书，室摇花烛。禅凡问竺，订再生缘上齐福。嬉恬处，梵音如奏，岁月好堪俗。

归宿，微伊莫属，藐天下一人独服。而今安羡名禄，日里麟车，帐下禽褥。乐中犹自卜，组玉佩将将入目。轻歌罢，不炊还卧，更况有书读。

鹧鸪天·月寒不似梦中人

霖久方晴申酉辰，微曛暮霭渐黄昏。枝头晾羽喧仍噪，檐下容躯叹若呻。

又是月，抱孤身，清寒不似梦中人。何须海上生明月，莫若乌云和梦吞。

澡兰香·拟写上海师大徐汇奉贤校区各八景

漕溪鹭影，上序书声，七十岁华一页。桐花满路，桂雨分香，格致在人心切。学思之、鲜活渊泉，黉门弦歌不歇。师以范、红楼隐翠，苍官迎晔。

嗣建南庠壮丽，近海云潮，奉贤先谒。翔鸥伴读，矍圃耕春，任舞自由蜂蝶。一年年、烛牖涵光，青士临风拔节。是爱了、泮映明堂，鹅湖星月。

霜天晓角·己亥庚子疫情

年前传警，跨岁灾难靖。流水落花何意，轮凶吉、当知儆。

黑鹅无侥幸，大犀常与并。经历许多天算，自助胜、须人定。

霜叶飞·香山

日岚吹照，云林共，丹枫争染清妙。一年佳处是秋山，恰那人来了，更何况、晴温正好。氲皴红上西峰峭，便坐坐行行，纵不画、深浓浅淡，意应能晓。

还有孤雁南飞，是何缘故，北边淹留才到。帝京霜月暖如春，莫负他怀抱。似戴月披星赶早，前程辛苦知多少。望眼回、凝眸辨，松鼠枝头，浪追嬉闹。

翻香令·广州除夕花市

平生常羡岭南人，羊城腊岁似嘉春。踪芳影，迷神眼，竟不知、几世共前因。

夜游花市古风存，看花除夕到元辰。众香里，无由的，却寻他、如梦确真真。

后　记

洞仙歌·填词四十年（格从苏轼冰肌玉骨）

少年羞癖，惯隐身诗寂，叨得思沉性情易。又何曾、肯写无故虚文，唯吟些、宇宙人生经历。

恕心嫌讽刺，耻作青词，安避闺中事堪缉。铁板共红牙，柳岸江涛，一真率，便同呼吸。倘承问风流句频频，敢相告坡仙久来扶笔。

先录旧词一首，自笑颇为时下所谓"凡尔赛体"，王婆卖瓜了。这词也不算太旧，因为年纪也不算太老，知命耳顺之间尔。和宋词打交道三四十年，二十岁之前写的也委实不怎么样，真是应了"填词"二字而已。幸好大都不见了，留到今天的如今也基本上删汰了，编入集子的很少。可见年轻时真没有什么值得自骄的，人只要不断进步，回头看过去的脚印就应会觉得尺码不对，歪歪斜斜。所以虽已年过半百，如今也没觉得有什么太值得敝帚自珍的，人如果什么时候严重自以为是了，法执我执了，那也真是到此为止了。原本还想把这些拙词继续好好打磨，或者应该还可以写出更多好一点的，到行将就木之时再编一个自己没时间没机会回头看、悔少作的集子。但凡事都自有缘法，借此机会一说，这符合我对人生的看法，性之所近，兴之所至，其中无非皆缘。

少年时乱翻家父的小书柜，都是一些我看不懂的理工专业书，但居然从一本中医古籍《濒湖脉学》夹页里翻出了几张泛黄旧纸片，是用红钢笔水写的诗词草稿，先严字迹秀挺朗迈，一望可辨，内容似近风花雪月，让我惊诧莫名，他的史前史我也不敢问，如今思之，老人家千古之后，不免怆然。我有一些词作明里暗里是怀念他的，估计潜意识里还怀着一个关于他没做父亲时是何模样的考古梦。他的曾祖父是光绪九年进士，家族老长辈里还有诗词集存在上图、天一阁之类地方，想想大概我的血脉里也有天然对诗词的性之所近吧。

读研时中文方面我的导师之一是邓乔彬先生，一代词学大家。我居然从来没跟他报告过我在写词，内心里估计一是不敢唐突了前辈，二是当时认为文艺乃小道，自己玩玩即可，不必示人。直至邓先生追悼会哀乐声中都没有激发我这个学生要编个词集的志愿。

八年前到上海音乐学院工作，才知道早年爱读的《唐宋词格律》著者龙榆生先生是上世纪二三十年代国立音专初创时期的核心教授，看来那时候的专业教育更有文化。前年调到上海师大，不久就在校史馆里看到了近现代词学顶级大家胡云翼先生的相片和所著《宋词研究》、《中国词史大纲》、《宋词选》。但这些都没有立刻引发我为弘传宋词做点什么的想法。直到去年秋冬有一天，母校中文系我的学姐、后来多年共同致力服务于文科科研和学科建设的老同事、原校长助理许红珍老师，她也给了我一脸莫名惊诧，当时我在给几百个艺术类研究生讲音乐剧、歌剧唱词创作中的宋词文学经验。她听完了说，相识这么多年居然不知道你能作诗填词。按她厚爱的意思，这些诗词应该尽快编辑出版，公诸同好。然后我就开始把这件事当一件事情来办，现在编定了，真心感谢那天下午的机缘和她那份真诚的鼓励。打个比方，懵懂女子待字闺中多年，自惭形秽，直到有一天来个白马少年夸了好颜色，方才将信将疑打算出阁，对镜理起红妆来。

　　当初写的时候没有太多的想法，机缘来了，兴之所至。如今编的时候，倒是仿佛有了想法，一个词牌就只限选一首，不在乎我的词收全些，而更在乎词牌让读者见多些。有说常用词牌一百多个的，有说全部词牌一千来个的。我琢磨着，古人编的《宋词三百首》所选到的词牌，今人编的《宋词选》所选到的词牌，讲格律各体式代表性的《唐宋词格律》所涉及的词牌，历史上出过精品的词牌，历代或豪放或婉约名家如苏轼、辛弃疾、李清照、冯延巳、李煜、欧阳修、范仲淹们毕生写过并传世的词牌，深通音律者如周邦彦、姜白石创制的代表性自度曲，以上这些，去其重复，全部照单逐一收遍，尽量做到应有尽有，便于后学者对词牌有个较全面的了解。至于柳永以下各家青楼酬唱偶一见之的词牌，就不一一照写以凑全所谓千个词牌了。故而依我所见，比较有价值的大约也就三百来个词牌。以前友朋间曾有林百林菌之戏言，又玩笑说林三百亦足数矣，但我觉得词牌数量覆盖面还在其次，贵在要有诗三百之六义，风有风，雅能雅，颂可颂，如何赋之比之兴之，格调要高古通今，记叙之间有情致，状摹之外有理致。

回看这些创作，我大约每一词牌多用正格，如用变体则通常因名家变体有佳作，深心欲与看齐。词发乎燕乐，平仄绝不可无视《钦定词谱》而苟且，声韵必严《词林正韵》之出处，而又注意用字兼能不拘于时语今声，既要不误继承，对得起祖先，也要有利弘扬，方便于今人讽诵。吾年资已长，也有些从学后进，故颇思俾以一卷在手，唐宋明清大体了然，稍备而无虑出入不周者。如此，则遂我初志矣。

今人见词牌，已然是脱离了音乐的文人词。但究其根源，唐教坊乐、西域曲是根，五代宋初燕乐的唱词是展枝生叶开花处。词牌的平仄、句式、音韵，即便是曲谱失传后，也依然能够摹想其音乐性。这种内在的合乐性，是我们必须对词谱格律敬畏的原因。凑足字数乱填句段就称作词，显然是没有体会到宋词的音乐美，没有体会到每个词牌的内在规定性。比如，宋词当中不少七字句，要读成前三后四句的结构，这和七言诗前四后三大不相同。有时第一个字是领字，领字不仅逻辑上必须一字能领，声调上或许还必须用去声，才能与音乐合拍。把宋词学好了，自然就会有更好的文学语言能力。我写歌剧《贺绿汀》谢幕曲唱词有两句："爱上你只用了一瞬间，没有犹豫和彷徨；爱上你要用我一生，把忠诚和心血奉上。"作曲家张千一先生秒懂，"爱上你"三个字直接用重音带节奏，三个字一节，就相当于在宋词中三字加顿号。两句之间又感觉有休止符，让第二句的前三字重音迸出来。我一听音乐小样对他就很佩服。这个例子反过来讲，如果是他先创作出音乐，我那三个字岂能不按他的音乐写词吗？所以说，无视甚至胡乱议论词牌格律的，不值与论。我再讲一件自己开心的事，写音乐剧《梦临汤显祖》开场主题歌，非常快，几乎是下笔即成，谱成了曲子。后来过了一年偶然发现竟然与《踏莎行》词牌几乎一致，然后欢快地告诉了作曲家徐坚强。这说明在宋词中沉浸久之，在现代歌词写作中也不知不觉受到了好影响。集中收了这首《踏莎行·音乐剧《梦临汤显祖》序曲》："无古无今，方生方死，任他背景纷飞逝。唯真爱了永恒存，终归超越千般事。情枉然间，理相疑际，悠悠大化流行势。梦中看过泪涟涟，谁能脱得时空世。"正是因为那首传唱序曲天然就与《踏莎行》词牌的句式平仄韵脚几乎相同，顺手就能回改成这样一首词。

时间久了，自己读自己的，有时仿佛是与陌生而有眼缘者的初遇，还惊讶词中居然有佳句。大概这些字句当初不是努力追求得来，应该也多是兴到意会而自来，所以重新看到时自己也很觉新鲜。有一个词儿叫作词，词倘若真是勉强做出来的，恐怕也难为好也。当成专业、事业做的，往往就是要刻意努力，而天下但凡是刻意做的东西多半未必好，这真是一个悖论。不到其境，未获其心，怎会有其语。像"敌军围困万千重，我自岿然不动"岂是我等从未生死对面相逢的凡人能写的。问题是即便我们作为一个普通人，二十岁又何尝能有那位湖南青年"看万山红遍，层林尽染；漫江碧透，百舸争流。鹰击长空，鱼翔浅底，万类霜天竞自由"的心胸眼界才情。功夫都在诗外，这道理分毫不差。

愤怒出诗人，穷而后工，这些老话的道理也是分毫不差。词人中，后主失国、易安孀悲不用说了，那么苏子怎么会横空出世，原本预料中的状元郎宰相公那路子肯定不行，就是题材也会很窄。他非得从乌鸦台到东山坡，竹杖芒鞋一蓑烟雨萧瑟处。但他过人之处在于轻胜马任平生，也无风雨也无晴。一生事业那些黄州惠州儋州，每况愈下，真真是何事何物不可入词。境界一开，精神一跃。平凡如我，唯有仰望，我词中有不少是写苏轼的，"与公千岁怨，缘悭一谋面。"（《东坡引》）"我心乐境，吾犹自主。迟早经多故，何有味，人间清欢无负。一生万世，把人开悟。"（《瑞龙吟》）谢天谢地谢人，时代好国家好上下左右一生所遇之人都好，让我只长见识不遭啥劫，所以写不够境界也是自然。唯有多读书明理，多观物察己，对世间万象、芸芸众生，具通感，有共情，会代入，能代言。

既然说到东坡，我从十几岁就珍藏一本原华东师大中文系教授、上海作协主席徐中玉先生所赠《论苏轼的创作经验》。初一初二时的班主任王云仪老师是徐先生儿媳，看我这孩子还不错，让我小小年纪就有幸去徐府拜见先生。几十年以后，徐先生已不怎么到学校来，九秩以后到一百多岁年纪吧，我每回去看他，仍在师大二村几十年前那间屋子对谈。所谈内容多已不记得，但不会忘记老人家频频伸手向我示意要香烟抽的画面，我也每每先瞟一眼房门听听动静再摸口袋，写到这里不免动情，鼻酸眼润。从头算起，超过四十年了，就以这本小小的词集，向写过《论苏轼的创作经验》的徐先生表达深深的敬意和怀念。

这本小小的词集，能得到中华诗词学会会长周文彰前辈和当代词家傅蓉蓉教授赐序，真不是荣幸二字所能道尽，铭感在心。

林在勇

2021 年 10 月 26 日